基礎日本語

◆ 內容包括：自他動詞對應關係解析、
列舉常用自他動詞100例。

修訂版

趙福泉／著

適用
中·高級

自他動詞

笛藤出版
Dee Ten Publishing Co., Ltd.

前　言

本書是學習日語的參考書，是學習日語的讀者與日語教師的工具書。

我們在學習日語的過程中，有時對一些形態、意義近似的單字，無法很清楚地理解，容易混淆不清，因而在使用中出現錯誤。例：儲《もう》ける、儲《もう》かる形態很像，也都含有**賺錢**的意思；決《き》める、決《き》まる形態近似，都含有**決定**的意思，但我們使用時，往往會誤用。之所以用錯，主要是由於沒有搞清楚這類動詞的自他關係，所以用錯了助詞等。另外有時會有兩三個以上形態相近的動詞，這樣一來便更容易混淆。例如伝《つた》う、伝《つた》わる、伝《つた》える它們形態近似，都含有順著的意思，但適用的場合不同；抜《ぬ》かる、抜《ぬ》ける、抜《ぬ》く、抜《ぬ》かす，也不容易搞清楚它們的意義、用法。它們主要除了意思稍有不同外，自他動詞的對應關係也是不同的，在使用時必須分清它們之間的關係。為了解決這些問題，本書就一些常用的自他動詞，從它們的意義、用法以至它們之間的自、他動詞關係（如是否對應）做些說明，來幫助讀者提高詞彙的理解能力與使用能力。

日語的動詞從自他動詞這一角度來看，有以下幾種類型：

1只有自動詞，而沒有與它對應的他動詞，如死《し》ぬ（自）、できる（自）、痩《や》せる（自）、聳《そび》える（自）都屬於這類動詞。或者只有他動詞，而沒有與它對應的自動詞，如殴《なぐ》る（他）、食《た》べる

（他）、訪《たず》ねる（他）也屬於這類動詞。

2同一型態的自他動詞，即一個既是自動詞也是他動詞的動詞。如吹《ふ》く（自、他）、伴《とも》なう（自、他）、訪《おとず》れる（自、他）都屬於這類動詞。

3相對應的自他動詞，即語幹相同，而語尾不同的動詞。它們之間，只有自他的不同，在意思上沒有很大的差別。如燃《も》える（自）與燃《も》やす（他）、終《お》わる（自）與終《お》える（他）、倒《たお》れる（自）與倒《たお》す（他）都是相對應的自他動詞，它們語幹不同，但也是相對應的，即**自動詞**用が，**他動詞**則可以用助詞を表示大致相對應的意思。如仕事《しごと》が終《お》わる與仕事《しごと》を終《お》える、ラジオが壊《こわ》れる與ラジオを壊《こわ》す，這時的終《お》わる與終《お》える；壊《こわ》れる與壊《こわ》す是相對應的。有時相互對應的自他動詞，它們的用法，卻是不對應的，如可以說記録《きろく》を破《やぶ》る，而不能說記録《きろく》が破《やぶ》れる；可以說腹《はら》を壊《こわ》す，不能說腹《はら》が壊《こわ》れる，這種情況是不相對應的。

本書只就**第3類相對應的自他動詞**做說明，篇幅有限只收入常用的自他動詞一〇〇例。自他動詞相對應的關係，從它們的含義來看，有下列幾種類型：

1自動詞具有「被動」含義的自他動詞，如掛《か》ける（他）與掛《か》かる（自）、決《き》める（他）與決《き》まる（自）、広《ひろ》める（他）與広《ひろ》まる（自），上述自他動詞中的自動詞都含有被動的意思。

2自動詞具有可能含意的自他動詞。如儲《もう》ける（他）與儲《もう》かる（自）、上《あ》げる（他）與上《あ》がる、（自）植《う》える（他）與植《う》わる（自），上述自他動詞中的自動詞都含有可能的意思。

3他動詞具有使…含意的他動詞。如会《あ》う（自）與会《あ》わす（他）、生《き》きる（自）與生《い》かす（他）、乾《かわ》く（自）與乾《かわ》かす（他），上述自他動詞中的他動詞都含有使…的意思。

4其它關係的自他動詞。如抜《ぬ》く（他）與抜《ぬ》かす（自）、塞《ふさ》ぐ（他）與塞《ふさ》がる（自）等，這類動詞不屬於上述三種類型。

本書在說明每一組自他動詞的過程中，都適當地將上述自他動詞所具有的含意作說明，以便深入理解。

在說明過程中，除了舉出正確的例句進行說明外，有時還舉出了錯誤例子（句子前標有×的符號），從反面加以比較，以便讀者使用時有所借鑑。

自他動詞在我們學習日語時，很容易混淆不清，編者為了釐清它們的關係在本書中作了初步的說明，但由於水平有限，或許會有一些不足或錯誤，還望讀者指正。

編　者　趙福泉

基礎日本語　自他動詞

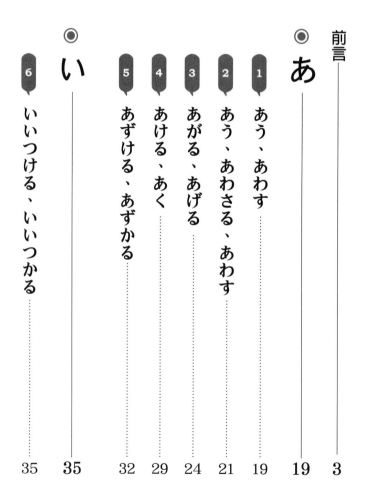

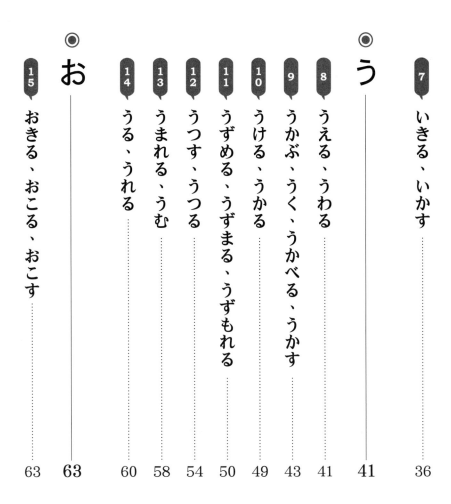

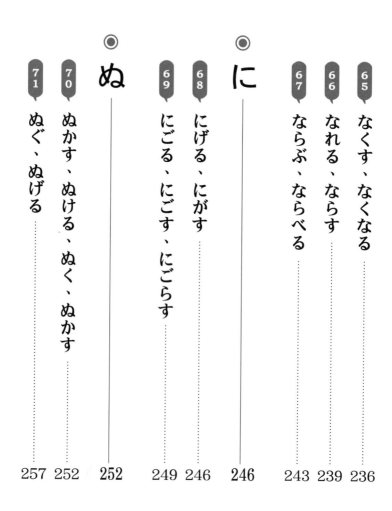

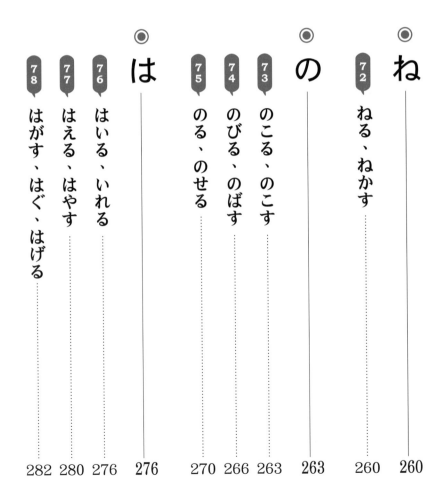

◎ま

◎み

◉あ

1 あう（会《あ》う）、あわす（会《あ》わす）

1 あう（会《あ》う）（自、五）

1 表示有意識地會見、見某一個人。

● 明日《あした》の晩《ばん》、友《とも》だちと会《あ》うことになっている。
／明天晚上準備見一位朋友。

● 誰《だれ》が来《き》ても今日《きょう》は会《あ》わない。
／今天誰來也不見。

2 表示偶然遇見了某一個人。

● 学生時代《がくせいじだい》の友人《ゆうじん》と道《みち》で偶然《ぐうぜん》会《あ》った。
／偶然在路上遇見了學生時代的朋友。

3 表示偶然遇到了某種意外情況。

● 夕立《ゆうだち》に会《あ》ってすっかり濡《ぬ》れてしまった。

／遇到了暴雨，身體全淋濕了。

● 交通事故《こうつうじこ》に会《あ》って約束《やくそく》の時間《じかん》に遅《おく》れた。

／遇到了交通事故，比約定的時間晚到了。

②あわす（会《あ》わす）（他五）

它是由自動詞会《あ》う後接使役動詞せる構成的会《あ》わせる變化而來的，仍含有使…的意思。它只與会《あ》う1-1的用法相對應，表示有意識地使…會見、讓…見某一個人。

● 大事《だいじ》な用事《ようじ》があるから、社長《しゃちょう》さんに会《あ》わしてください。

／我有重要的事，請讓我見一見社長。

● 田中先生《たなかせんせい》の古《ふる》い友《とも》だちだから、先生に会《あ》わしてやりました。

／他是田中老師的老朋友，所以我讓他與老師見面了。

表示偶然遇見時，不能用会《あ》わす，因此下面的句子不通。

×道《みち》で偶然《ぐうぜん》に友《とも》だちに会《あ》わしましょう。

×偶然夕立《ぐうぜんゆうだち》に会《あ》わした。

2 あう（合う）、あわさる（合わさる）、あわす（合わす）

三詞的漢字都寫作合字。都含有合在一起的意思，但自他關係不同，適用場合也不同。

1 あう（合《あ》う）（自、五）

● 性格《せいかく》・意見《いけん》が合《あ》わない。
／性格・意見不合。

● 計算《けいさん》・調子《ちょうし》が合《あ》わない。
／計算・步調不合。

● この靴《くつ》は私《わたし》の足《あし》に合《あ》わない。
／這雙鞋不合我的腳。

● 私《わたし》の時計《とけい》は合《あ》っていない。
／我的錶不準。

2 あわさる（合《あ》わさる）（自、五）

它也是自動詞，但與会《あ》う含意稍有不同，適用的場合也不同。它表示兩種形狀、大小相同的東西合、吻合或加在一起。

● 貝《かい》がらがぴったりと合《あ》わさっている。
／貝殼緊緊閉闔著。

● 社殿《しゃでん》の前《まえ》に出《で》ると自然《しぜん》と手《て》が合《あ》わさる。
／來到神社大殿前，自然地就合起掌來了。

● 二人《ふたり》の持《も》っている金《かね》は合《あ》わさっても一万円《いちまんえん》しかない。
／兩個人的錢，加在一起也只有一萬日幣。

3 あわす（合《あ》わす）（他五）

它是由自動詞合《あ》う後接使役助動詞せる構成的合《あ》わせる變化而來，仍含有使的意思。

1 與合《あ》う的用法相對應，表示…符合、使…對準。例如：

● 計算《けいさん》・調子《ちょうし》を合《あ》わす。
／核對計算・照著步調。

●足《あし》に合《あ》わして靴《くつ》をつくる。
／照著腳（的大小）做鞋子。
●目《め》に合《あ》わして眼鏡《めがね》を買《か》った。
／照著眼睛（的度數）買了眼鏡。
●時計《とけい》を合《あ》わしてから出《で》かけた。
／對準了手錶的時間後才出門。

2與自動詞合《あ》わさる用法對應，表示使兩種形狀、大小相同的東西合在一起或兩者加在一起。例如：

●薄《うす》い板《いた》を三枚《さんまい》合《あ》わしてベニヤ板《いた》を作《つく》る。
／把三塊薄板合在一起做成合板。
●千恵子《ちえこ》は社殿《しゃでん》の前《まえ》で手《て》を合《あ》わして拝《おが》んだ。
／千惠子在神社大殿前合掌參拜。
●ガスと電気《でんき》の料金《りょうきん》を合《あ》わすと毎月《まいつき》五千円《ごせんえん》ぐらいになる。
／瓦斯費和電費加在一起，每個月要五千日圓左右。

歸納起來，三者的對應關係如下：

合《あ》う（自）
合《あ》わさる（自）
合《あ》わす（他）

時《と》計《けい》が～。
手《て》が～。
時《と》計《けい》を～。
手《て》を～。

對應　對應

3 あがる、あげる

① あがる（上《あ》がる）（自五）

1 表示場所的移動，即動作主體從下面移動到上面去。動作主體既可以是人也可以是物。相當於國語的上、升。

● 部屋《へや》・二階《にかい》・壇《だん》・陸《りく》に上《あ》がる。
／進入房間．上二樓．上講台．登陸。

● 人々《ひとびと》は船《ふね》から陸《りく》に上《あ》がった。
／人們從船登上了陸地。

● あの棋士《きし》は最近《さいきん》A級《きゅう》に上《あ》がった。

／那位棋士最近升到了A級。

●右肩《みぎかた》が少《すこ》し上《あ》がっている。

／右肩有點偏高。

2表示動作的向上，動作主體多是人身體的某一部分。相當於國語的舉(手)、抬(頭)等。

●一斉《いっせい》に手《て》が上《あ》がった。

／一起舉起了手。

●先生《せんせい》には頭《あたま》が上《あ》がらない。

／在老師面前抬不起頭。

3表示某一活動、情況完了。動作主體多是物，個別時候也可以是人。相當於國語的完。

●仕事《しごと》が思《おも》ったより早《はや》く上《あ》がった。

／工作結束得比預期早。

●雨《あめ》が上《あ》がった。

／雨停了。

● 歓声《かんせい》が上《あ》がった。
／爆出了歡呼聲。

● 風呂《ふろ》から上《あ》がった。
／洗完了澡。

4 用於抽象比喻，表示上升，動作主體多是抽象的東西。例如：

● 熱《ねつ》・気温《きおん》・値段《ねだん》・物価《ぶっか》・家賃《やちん》・成績《せいせき》・実力《じつりょく》が上《あ》がる。
／體溫・氣溫・價格・物價・房租・成績・實力上升了。

● バスの料金《りょうきん》が来月《らいげつ》から上《あ》がるそうだ。
／聽說公車運費下個月漲價。

● 勉強《べんきょう》しないから成績《せいせき》が上《あ》がらないのだ。
／因為不用功，所以成績進步不了。

2 あげる（上《あ》げる）（他、下一）

它是與自動詞上《あ》がる相對應的他動詞。

1 與上《あ》がる 1-1 的用法相對應，表示場所的移動，即從下面將某種東西移到上面去。

這時的動作主體一般是人，而動作對象多是物，個別時候是人。相當於中文的把…搬上去，或適當地翻譯。

● 積《つ》み荷《に》を船《ふね》から陸《りく》に上《あ》げる。

／把船上的貨搬到陸地上來。

● 錨《いかり》を上《あ》げる。

／起錨。

● お客《きゃく》さんを座敷《ざしき》に上《あ》げなさい。／把客人請到客廳裡來。

2與上《あ》がる1-2的用法相對應，表示動作的向上。動作主體一般是人，動作對象是人身體的一部分。相當於舉(手)、抬(頭)等。

● 一斉《いっせい》に手《て》を上《あ》げる。

／一齊舉起了手。

● 下《した》ばかり見《み》ないで、頭《あたま》を上《あ》げなさい。

／不要一直看下面，把頭抬起來。

3與上《あ》がる1-3的用法相呼應時，表示作完、完，有時可以對應使用，有時則不行。

●仕事《しごと》を思《おも》ったより早《はや》く上《あ》げた。

／比預期早把工作完成了。

●ワッーと歓声《かんせい》を上《あ》げた。

／「哇！」的一聲爆出了歡呼聲。

下面這兩個句子的動詞用上《あ》がる通，用上《あ》げる則是不通的。

○風呂《ふろ》から上《あ》がる。（×風呂《ふろ》から上《あ》げる。）

○雨《あめ》が上《あ》がる。（×雨《あめ》を上《あ》げる。）

4也用於抽象比喻，與上《あ》がる[1-4]的用法相對應，這時是完全對應。相當於提高的意思。

●値段《ねだん》・物価《ぶっか》・家賃《やちん》・成績《せいせき》・実力《じつりょく》を上《あ》げる。

／提高價格・物價・房租・成績・實力。

●政府《せいふ》は税金《ぜいきん》を上《あ》げないと言《い》っている。

／政府說不會提高稅金。

●月給《げっきゅう》を上《あ》げてくれないとやっていけない。

／不提高工資是生活不下去的。

4 あける、あく

[1] あける（開《あ》ける、空《あ》ける、明《あ》ける）（他、下一）

1 寫作開《あ》ける時，表示打開關閉著的東西。

● 窓《まど》・戸《と》・ふすま、障子《しょうじ》・幕《まく》を開《あ》ける。

／打開窗子・門・隔扇・拉門・幕。

● 袋《ふくろ》・封筒《ふうとう》・罐《かん》詰《づ》め・本《ほん》を開《あ》ける。

／打開袋子・信封・罐頭・書。

● 目《め》・口《くち》を開《あ》ける。

／睜開眼睛・張開嘴。

● 彼《かれ》は玄関《げんかん》の戸《と》を開《あ》けて入《はい》った。

／他打開大門，走了進去。

● デパートは九時《くじ》に開《あ》けます。

／百貨公司九點開門。

2 寫作空《あ》ける時表示鑿洞；或者空出、騰出某一空間、某一時間。

● 穴《あな》を空《あ》ける。
／鑿洞、穿洞。

● 鼠《ねずみ》が壁《かべ》に穴《あな》を空《あ》けた。
／老鼠在牆上鑿了個洞。

● 家《いえ》・部屋《へや》・席《せき》・入《い》れもの・バケツを空《あ》ける。
／騰出家・房間・座位・盒子・桶子。

● あの席《せき》を空《あ》けてください。
／請把那座位騰出來。

● 日曜日《にちようび》・午後《ごご》・晩《ばん》を空《あ》ける。
／把星期天・下午・晚上（的時間）空出來。

3寫明《あ》ける時，表示特定時間、期間完了，進入下一個時間、期間。要依情況適當翻譯。

● 夜《よる》・年《とし》・休暇《きゅうか》が明《あ》ける。
／天亮・過年・休完假了。

● 梅雨《つゆ》が明《あ》ける。

／梅雨季結束了。

● 夜《よる》が明《あ》けると、みな出《で》かけた。

／天一亮，大家就出發了。

● 年《とし》が明《あ》けると、すぐ新《あたら》しい仕事《しごと》を始《はじ》める予定《よてい》です。

／我打算一過完年，就投入新工作。

[2] あく（開《あ》く・空《あ》く）（自、五）

1 寫作開《あ》く，與開《あ》ける1-1的用法相對應，表示關閉著的東西開著。

● 窓《まど》・戸《と》・障子《しょうじ》が開《あ》いている。

／窗子・門・拉門開著。

● 目《め》が開《あ》いている。

／眼睛睜著。

● デパートは九時《くじ》にならないと開《あ》かない。

／百貨公司不到九點不開門。

2 寫作空《あ》く，與空《あ》ける1-2的用法對應，表示破了洞；或某一場所、某一時間空著。

● 壁《かべ》に穴《あな》が空《あ》いている。
／牆上破了個洞。

● 電車《でんしゃ》が込《こ》んでいて、空《あ》いた席《せき》はありません。
／電車裡很多人，沒有空的座位。

● ちょっと用事《ようじ》があるんですが、今晩《こんばん》は空《あ》いていますか。
／我有點事，你今晩有空嗎？

它沒有與明《あ》ける 1-3 相對應的用法，因此下面的說法是不通的。
×夜《よる》が明《あ》いた。（○夜《よる》が明《あ》けた。）
×梅雨《つゆ》が明《あ》いた。（○梅雨《つゆ》が明《あ》けた。）

5 あずける、あずかる

1 あずける（預《あず》ける）（他、下一）

一般用Ⓐは Ⓑに Ⓒを預《あず》ける句型，表示某人Ⓐ將某人或東西Ⓒ寄放在Ⓑ那裡。相當於存、寄放。

● 家内《かない》が働《はたら》くために、毎日《まいにち》子供《こども》を近所《きんじょ》の人《ひと》に**預《あず》けて**いる。
／我的妻子為了工作，每天將孩子託給鄰居照顧。

● お金《かね》を銀行《ぎんこう》に**預《あず》ける**。
／把錢存在銀行裡。

● 荷物《にもつ》を駅前《えきまえ》の預《あず》かり所《しょ》に**預《あず》けた**。
／把行李放在車站前的寄物處。

2 あずかる（預《あず》かる）（自、五）

有的學者認為它是他動詞，但本書採用佐久間鼎教授的說法，認為它是與他動詞預《あず》ける相對應的自動詞。但它和一般的自動詞不同，可以用～を預《あず》かる，構成Ⓑは（Ⓐから）Ⓒを預《あず》かる或Ⓒは Ⓑが預《あず》かる句型，表示Ⓑ**保管**Ⓒ，或者Ⓒ由Ⓑ**保存**。

● あの家《いえ》は近所《きんじょ》の子供《こども》たちを**預《あず》かって**いる。
／那家人受託照顧附近的孩子們。

● 銀行《ぎんこう》はいくらでもお金《かね》を**預《あず》かって**くれます。
／不管多少錢銀行都會代為保管。

● 大金《たいきん》なので誰《だれ》も預《あず》かってくれません。
／因為是筆大錢，誰也不肯幫忙保管。

● 貴重品《きちょうひん》はホテルが預《あず》かります。
／旅館幫人保管貴重物品。

● 荷物《にもつ》を預《あず》かるところはどこですか。
／寄放行李的地方在哪呢？

◎い

6 いいつける、いいつかる

這兩個詞是自、他對應的關係，但與一般的自他動詞稍有不同。

1 いいつける（言《い》い付《つ》ける）（他、下一）

一般用Ⓐは Ⓑに Ⓒを言《い》い付《つ》ける句型，表示上級或長輩Ⓐ吩咐下級、晚輩Ⓑ作某事Ⓒ。意同於吩咐。

● 社長《しゃちょう》さんは秘書《ひしょ》の野村君《のむらくん》に電話《でんわ》をかけるように言《い》い付《つ》けた。
／社長吩咐野村秘書打電話。

● もう子供《こども》に魚《さかな》を買《か》ってくるように言《い》い付《つ》けた。
／我已經吩咐孩子去買魚了。

● 家《いえ》を出《で》るとき、机《つくえ》の上《うえ》のものを動《うご》かしてはいけないと子供《こども》に言《い》い付《つ》けた。
／我出門的時候，吩咐了孩子不要動桌子上的東西。

②いいつかる（言《い》い付《つ》かる）（自五）

有的學者認為它是他動詞，但本書採用佐久間鼎教授的說法，認為它是與他動詞言《い》いつける相對應的自動詞，本書採用了佐久間教授的說法。但它與一般的自動詞不同，可以用～を言《い》いつける，一般構成Ⓑは（Ⓐから）Ⓒを言《い》い付《つ》かる句型來用。表示Ⓑ受到Ⓐ的吩咐去作某事Ⓒ。相當於中文的受到吩咐、被吩咐。

● 彼《かれ》は社長《しゃちょう》から大事《だいじ》な仕事《しごと》を言《い》い付《つ》かった。
／他受到社長吩咐做一件重要的事。

● 子供《こども》は買《か》い物《もの》を言《い》い付《つ》かったので出掛《でか》けた。
／孩子被吩咐外出買東西去了。

● たくさん仕事《しごと》を言《い》い付《つ》かっているから、とても忙《いそが》しい。
／我被派了許多工作很忙碌。

● 言《い》い付《つ》かった事《こと》を忘《わす》れてしまった。
／我把被吩咐的事情完全忘了。

7 いきる、いかす

1 いきる（生《い》きる）（自、上一）

1 用Ⓐは生《い》きる句型，表示人或其他動物活著。

● おじいさんは八十歳《はちじゅうさい》まで生《い》きるだろう。
／爺爺能活到八十歲吧。

● 水《みず》がなくては魚《さかな》は生《い》きることができない。
／沒有水魚是活不了的。

● 生《い》きている間《あいだ》に、この仕事《しごと》を完成《かんせい》せねばならない。
／在我活著的時候，就必須完成這項工作。

2 用Ⓐは Ⓑに生《い》きる句型，表示某人Ⓐ在某種事業、環境Ⓑ中生活著。意同生活、活，或適當地翻譯。

● それは苦難《くなん》に生《い》きた十年間《じゅうねんかん》であった。
／那是充滿苦難的十年。

● 彼《かれ》は文学一筋《ぶんがくひとすじ》に生《い》きていた。
／他一心專注在文學上。

它雖是自動詞，但這一用法可以與Ⓒを生《い》きる通用，表示生活在Ⓒ或Ⓒ年。

● 現代《げんだい》を生《い》きる。
／生活在現代。

● 二十世紀《にじゅうせいき》を生《い》きる。
／生活在二十世紀。

● 人生《じんせい》を生《い》きる。
／度過一生。

3用Ⓐが(は)生《い》きる句型，表示書畫、文章等顯得有生命力。相當於國語的靈活、生動。

● この虎《とら》の絵《え》は生《い》きている。
／這幅老虎的畫，描繪得栩栩如生。

● 文章《ぶんしょう》が生《い》きている。
／文章很生動。

● この場所《ばしょ》に飾《かざ》ると、同《おな》じ掛軸《かけじく》も生《い》きてくる。
／同一幅畫，掛在這裡就生動了。

4用Ⓐが(は)生《い》きる，表示Ⓐ還活著、有用。

● 開拓者《かいたくしゃ》の精神《せいしん》は今《いま》なお生《い》きている。
／創立者的精神，現在仍然持續存在著。
● あなたのこれまでの苦労《くろう》はいつか必《かなら》ず生《い》きるでしょう。
／你過去的辛勞，早晚一定會有所幫助的。
● 古《ふる》い法律《ほうりつ》はまだ生《い》きている。
／舊的法律還是有其效力的。

② いかす（生《い》かす）（他、五）

它是與自動詞生《い》きる相對應的他動詞，含有生《い》きさせる（使…活著）的意思。它基本上與生《い》きる的用法相對應。

1 與生《い》きる 1-1 1-2 的用法相對應，表示使…活。

● お医者《いしゃ》さんが瀕死《ひんし》の病人《びょうにん》を生《い》かした。
／醫生把瀕死的病人救活了。
● 取《と》った魚《さかな》を水《みず》の中《なか》に入《い》れて生《い》かしておきましょう。
／把抓來的魚放到水裡養吧！

2 與生《い》きる 1-3 1-4 的用法相對應，表示充分利用、活著。

● このお金《かね》を生《い》かして使《つか》いたい。

／我想充分利用這筆錢。

● せっかくのチャンスを生《い》かそう。

／抓住這難得的機會吧。

● 廃物《はいぶつ》を生《い》かして利用《りよう》しよう。

／活用這些廢棄物吧！

● 料理《りょうり》は材料《ざいりょう》を生《い》かすことが大切《たいせつ》だ。

／活用食材做菜是很重要的。

◎う

8 うえる、うわる

1 うえる（植《う》える）（他、下一）

表示栽、植花草樹木等各種植物。相當於中文的栽、栽種、栽植。

● 清明《せいめい》の日《ひ》には木《き》を植《う》えることになっている。

／按照習慣清明節這天要種樹。

● トマトの苗《なえ》を畑《はたけ》に植《う》える。

／把蕃茄種到田裡。

● 「たうえ」というのは水田《すいでん》に育《そだ》てた稲《いな》の苗《なえ》を植《う》えることである。

／所謂「插秧」，就是將培育起來的秧苗種在水田裡。

引申於抽象比喻，表示將某思想、想法灌輸到人的頭腦裡。相當於國語的灌輸、培養、培育等。

● 子供《こども》の時代《じだい》から愛国主義思想《あいこくしゅぎしそう》を植《う》えた方《ほう》がいい。

／最好從孩童時期，就培養其愛國主義的思想。

●科学教育《かがくきょういく》は子供《こども》に科学的《かがくてき》な考《かんが》え方《かた》を植《う》えつけるためである。

／科學教育是為了，培養兒童具備科學性思考而存在的。

② うわる（植《う》わる）（自、五）

它與他動詞植《う》える的用法相對應，含有植《う》えられる（可能、被動）的意思，表示栽種花草、樹木或莊稼等，這時的主語多是被栽種的東西。例如：

●庭《にわ》のまわりには木《き》がたくさん植《う》わっている。

／院子的周圍，栽種著許多樹。

●水田《すいでん》のなかに稲《いな》の苗《なえ》が見事《みごと》に植《う》わっている。

／水田裡整整齊齊地插著秧苗。

也可用於抽象比喻，表示培養起某種精神、思想。例如：

●学生《がくせい》たちはみな労働意欲《ろうどういよく》が植《う》わっていた。

／學生們的工作意願都被喚醒。

●子供《こども》たちは小《ちい》さいときから親孝行《おやこうこう》の思想《しそう》が植《う》わっている。

／從小培養孩子們孝順的思想。

9 うかぶ、うく、うかべる、うかす

四個詞的漢字都是浮字，但意思與適用場合不同，自、他動詞對應關係比較複雜。

①うかぶ（浮《う》かぶ）（自、五）

1 表示某種物體在水中、空中漂浮。

● 船《ふね》が海《うみ》に浮《う》かんでいる。
／船在海裡飄浮著。

● 花《はな》が水《みず》に浮《う》かんで流《なが》れていく。
／花兒飄在水上流走。

● 青《あお》い空《そら》に白《しろ》い雲《くも》が浮《う》かんでいる。
／在蔚藍的天空裡，漂浮著白雲。

2 表示在臉上露出某種表情；或在頭腦裡浮現出某種事情。

● 彼女《かのじょ》の口元《くちもと》にほほえみが浮《う》かんだ。
／她的嘴角露出了微笑。

● 昔《むかし》のことが頭《あたま》に浮《う》かんだ。
／從前的事浮現在腦海中。
● 涙《なみだ》が目《め》に浮《う》かんできた。
／眼裡湧出淚水。

3表示擺脫某種困境。

● 今度《こんど》は私《わたし》も浮《う》かぶことができるでしょう。
／這次我可以擺脫困境了吧。
● 今度《こんど》失敗《しっぱい》したら彼《かれ》は一生《いっしょう》浮《う》かばれないだろう。
／這次若失敗了，他一輩子也翻不了身了吧。

4用浮《う》かばれる表示死去的人得到安慰、瞑目。

● 手厚《てあつ》い供養《くよう》で亡者《もうじゃ》も浮《う》かばれる。
／獻上豐盛的供品，告慰死者在天之靈。
● これでは死者《ししゃ》も浮《う》かばれないだろう。
／這樣死者會死不瞑目的。

2 うく（浮《う》く）（自、五）

它雖也是自動詞，但與浮《う》かぶ稍有不同。

1它是沈《しず》む（下沉）的反義詞，因此它的基本含意表示自下往上飄上來。

● 海《うみ》の上《うえ》に小《ちい》さい船《ふね》が二三《いさんそう》艘浮《う》いている。

／在海上漂浮著兩三艘小船。

● 油《あぶら》が海《うみ》にいっぱい浮《う》いている。

／在海面上漂浮著大片油污。

● 青《あお》い空《そら》に白《しろ》い雲《くも》が浮《う》いている。

／在蔚藍的天空中漂浮著白雲。

2引申用來表示時間、經費等有餘、多餘。

● お金《かね》が相当《そうとう》浮《う》いた。

／錢剩了滿多。

● たばこをやめると、月五千円《つきごせんえん》は浮《う》く。

／戒菸的話，每個月可多省五千日元。

3作為慣用語來用。

● 歯《は》が浮《う》く。

／①牙齒鬆動 ②肉麻噁心

● 気《き》が浮《う》かない。

／不高興。

● 浮《う》かない顔《かお》をしている。

／他擺著一副臭臉。

③うかべる（浮《う》かべる）（他、下一）

它是與自動詞浮《う》かぶ相對應的他動詞。

1 與浮《う》かぶ 1-1 的用法相對應，表示使某種東西漂浮在水裡、空中。

● 子供《こども》たちは小《ちい》さな船《ふね》を浮《う》かべて遊《あそ》んでいる。

／孩子們讓小船漂在水上玩著。

● 白《しろ》い雲《くも》をひとつ浮《う》かべて、秋《あき》の空《そら》はどこまでも青《あお》い。

／秋朗朗青空飄著一朵雲，秋季的天空無限晴朗。

2 與浮《う》かぶ 1-2 的用法相對應，表示某種表情出現在臉上，或使某種事情出現在腦海裡。

●彼女《かのじょ》は口元《くちもと》にほほえみを浮《う》かべて私《わたし》に言《い》った。
／她嘴角露出微笑對我說了。
●それを見《み》ると、頭《あたま》の中《なか》に昔《むかし》のことを思《おも》い浮《う》かべた。
／看到了那種情況，我腦海中浮現了從前的事。
●あなたの言葉《ことば》をたびたび胸《むね》に浮《う》かべて勉強《べんきょう》しています。
／我經常想起你講的話，而努力用功著。
●彼女《かのじょ》は目《め》に涙《なみだ》が浮《う》かべて言《い》った。
／她眼裡含著淚說了。

它沒有與浮《う》かぶ1-4相對應的說法，因此下面的說法是不通的。
×今度《こんど》は私《わたし》も浮《う》かべることができるだろう。
×これでは死者《ししゃ》も浮《う》かべないだろう。

④うかす（浮《う》かす）（他、五）

它是與自動詞浮《う》く相對應的他動詞。

1 與自動詞浮《う》く2-1的用法相對應，表示使某種東西在水中、空中漂浮。

● おもちゃのボートを池《いけ》に浮《う》かして遊《あそ》ぶ。

／讓玩具小船漂在水池裡玩。

● 模《も》型《けい》の軍艦《ぐんかん》を池《いけ》に浮《う》かす。

／讓軍艦模型漂浮在水池裡。

2 與自動詞浮《う》く 2-2 的用法相對應，表示使金銭、時間多剩下來。可譯作省出、騰出等。

● 小遣《こづか》いを浮《う》かして参考書《さんこうしょ》を買《か》った。

／用多餘的零用錢買了參考書。

● 費《ひ》用《よう》を浮《う》かして貯蓄《ちょちく》をした。

／省下了多餘的費用，把錢存了起來。

● 時間《じかん》を浮《う》かして故郷《ふるさと》へ帰《かえ》った。

／騰出時間，回了一趟老家。

但作為慣用語來用時，不用～を浮《う》かす。

×歯《は》を浮《う》かす。

×気《き》を浮《う》かさない。

四詞的對應關係，歸納起來大致如下：

浮《う》かぶ（自）　ほほえみが～。
浮《う》く（自）　お金《かね》が～。
浮《う》かべる（他）　ほほえみを～。
浮《う》かす（他）　お金《かね》を～。
浮《う》かばれる（他）　死《し》者《しゃ》も～ないだろう。

10 うける、うかる

①うける（受《う》ける）（他、下一）

它有許多含義、用法，其中有試験《しけん》を受《う》ける這一用法，表示參加考試，一般用Ⓐは Ⓑ（の試験《しけん》）を受《う》ける句型，表示某人Ⓐ參加某種考試Ⓑ。相當於中文的應考、報考等。

● 兄《あに》は東大《とうだい》の入学試験《にゅうがくしけん》を受《う》けた。
／哥哥報考了東大。

● 私《わたし》は医科大学《いかだいがく》の試験《しけん》を受《う》けようと思《おも》っている。

／我想考醫學大學。

② うかる（受《う》かる）（自、五）

它是與他動詞受《う》ける相對應的自動詞，含有受《う》けられる（可能）的意思。一般用Ⓐは Ⓑを受《う》ける或Ⓐは Ⓑが受《う》ける句型，表示某人Ⓐ考上了某個學校Ⓑ。相當於中文的考試合格、考上。

● 兄《あに》は東大《とうだい》が受《う》かった。

／哥哥考上了東大。

● 僕《ぼく》は東京高校《とうきょうこうこう》の入学試験《にゅうがくしけん》に受《う》かった。

／我通過了東京高中的入學考試。

11 うずめる、うずまる、うずもれる

三詞的漢字都是埋，都含有埋的意思，但適用場合不同，自他的對應關係也比較複雜。

① うずめる（埋《うず》める）（他、下一）

1表示人有意識地將某種東西，埋在土裡、雪裡、砂裡。

● 穴《あな》を掘《ほ》ってごみを埋《うず》める。
／挖個坑把垃圾埋起來。

● 死体《したい》を土《つち》の中《なか》に埋《うず》める。
／把屍體埋在土裡。

● おじいさんは大陸《たいりく》に骨《ほね》を埋《うず》めるつもりです。
／爺爺打算在大陸終老。

2表示在某一地點、場所擺滿某種東西。

● 本《ほん》は部屋《へや》を埋《うず》めた。
／書擺滿了房間。

● 陰暦《いんれき》のお正月《しょうがつ》になると、花《はな》は町《まち》を埋《うず》める。
／一到農曆正月，街上便到處擺滿了花。

2 うずまる（埋《うず》まる）（他、五）

它是與他動詞埋《うず》める相對應的自動詞，含有埋《うず》められる（被動）的意思。

1 與埋《うず》める1-1的用法相對應，表示客觀存在的某種東西或人，被埋在土裡、雪裡、砂裡。這時一般是客觀形成的情況，而不是人們有意識作出的。

● 列車《れっしゃ》は吹雪《ふぶき》に埋《うず》まった。
／火車被埋在大雪裡了。

● 道《みち》はすっかり雪《ゆき》に埋《うず》まった。
／道路完全被大雪埋沒了。

● 大水《おおみず》で家《いえ》が泥《どろ》に埋《うず》まった。
／因為淹大水，房子都被埋在泥裡了。

● あの俳優《はいゆう》は歓迎《かんげい》の人々《ひとびと》の花束《はなたば》に埋《うず》まった。
／那個演員被歡迎人潮的花束包圍了。

2 與埋《うず》める1-2的用法相對應，表示某一地點、場所擺滿某種東西或擠滿了人。

● 広場《ひろば》は人《ひと》で埋《うず》まっている。
／廣場上站滿了人。

● おじいさんの部屋《へや》は本《ほん》で埋《うず》まっていて歩《ある》くところがない。
／爺爺的房間裡擺滿了書，連走路的地方都沒有。

③うずもれる（埋《うず》もれる）（自、下一）

它也是自動詞，但與埋《うず》める的用法，並不是完全對應，部分含義是埋《うず》める所沒有的。

1與自動詞埋《うず》まる2-1的意思、用法相同；與埋《うず》める1-1的用法相對應，表示某種客觀存在的東西被埋在土裡、雪裡、泥沙裡。

● 列車《れっしゃ》は吹雪《ふぶき》に埋《うず》もれた（○埋《うず》まった）。

／火車被埋在大雪裡了。

● 崖《がけ》が崩《くず》れて道《みち》は土砂《どしゃ》に埋《うず》もれた（○埋《うず》まった）。

／峭壁坍塌下來，道路被埋在砂石裡了。

2與埋《うず》まる2-2意思相同，與埋《うず》める1-2用法相對應，表示某地點、場所擺滿了東西，擠滿了人。

● 部屋《へや》中花《じゅうはな》で埋《うず》もれている（○埋《うず》まっている）。

／整個房間擺滿了花。

● 広場《ひろば》は人《ひと》で埋《うず》もれている（○埋《うず》まっている）。

／廣場上占滿了人。

3引申用於抽象比喻，表示某人的真正價值不為人們所認識，而被埋沒。埋《うず》まる沒有這一含義、用法；埋《うず》める也沒有此用法。

● 駿馬《しゅんめ》も伯楽《はくらく》のいかんによって見出《みだ》されもし、埋《うず》もれもする。

／良駒也會因為有沒有遇上伯樂，而被發現或埋沒。

● 天分《てんぶん》を持《も》ちながら、長《なが》い間《あいだ》田舎《いなか》に埋《うず》もれていた。

／雖然有天分，但長期被埋沒在鄉下。

三詞的相互對應關係，歸納起來大致如下：

埋《うず》める（他）　本《ほん》は部屋《へや》を～。

埋《うず》まる（自）　部屋《へや》は本《ほん》で～ている。

埋《うず》もれる（自）　部屋《へや》は本《ほん》で～ている。

埋《うず》もれる（自）（三）　彼《かれ》は田舎《いなか》に～ている。

對應　對應

12　うつす（移す）、うつる（移る）

1 うつす（移《うつ》す）（他、五）

1表示將某種東西搬、遷移到另一個地方或將人調到另一個地方。

● 机《つくえ》を窓《まど》のそばへ移《うつ》しなさい。

／把桌子搬到窗子旁。

● 百年《ひゃくねん》ばかり前《まえ》日本《にほん》は都《みやこ》を京都《きょうと》から東京《とうきょう》に移《うつ》した。

／在一百多年前，日本把國都從京都遷到了東京。

● 野村《のむら》さんを九州《きゅうしゅう》の支店《してん》に移《うつ》した。

／把野村先生調到九州的分公司去了。

2表示時間、時代的變化、變遷，但這麼用時，只能用時《とき》を移《うつ》さず，意同於沒有過時、不失時機、立刻、馬上。

● 時《とき》を移《うつ》さずに準備《じゅんび》をした。

／馬上作了準備。

● 時《とき》を移《うつ》さずに仕事《しごと》を始《はじ》めた。

／立刻開始了工作。

3表示染上了另一種顏色，沾上了另一種氣味。相當於國語的染上、沾上。

●白《しろ》いシャツには緑色《みどりいろ》を移《うつ》した。

／白色襯衫染上了綠色。

4表示染上了疾病，相當於國語的傳染。

●伝染病《でんせんびょう》を移《うつ》さないように隔離《かくり》する。

／隔離起來避免傳染疾病。

●家《いえ》のものに病気《びょうき》を移《うつ》すといけないから入院《にゅういん》した。

／把病傳染給家裡的人就不好了所以去住院了。

②うつる（移《うつ》る）（自、五）

它是與移《うつ》す相對應的自動詞，用法基本上是對應的。

1表示某種東西被搬、被遷移到另一個地方或人被調到另一個地方。

●いつ新《あたら》しい家《いえ》に移《うつ》りますか。

／什麼時候搬到新家去？

●百年《ひゃくねん》ばかり前《まえ》、日本《にほん》の都《みやこ》は京都《きょうと》から東京《とうきょう》に移《うつ》りました。

／一百多年前，日本的國都從京都遷到了東京。

2表示時代的變化、變遷。和移《うつ》す1-2的用法相對應，但使用的場合比移《うつ》す要多。

● 時代《じだい》が移《うつ》るにつれて、思想《しそう》も変《か》わった。

／隨著時代的變遷，人的思想也變了。

● それから時《とき》は移《うつ》って平成《へいせい》となった。

／然後時過境遷，到了平成時代。

3表示染上了另一種顏色，沾上了某種氣味。

● 色《いろ》のついたシャツに白《しろ》いシャツを一緒《いっしょ》に洗《あら》ったので、白《しろ》いシャツに色《いろ》が移《うつ》ってしまった。

／把有色的襯衫和白色襯衫一起洗，讓白襯衫被染色了。

● 薬《くすり》の匂《にお》いが手《て》に移《うつ》った。

／藥味沾到手上。

4表示傳染上了疾病、惡習。

● 風邪《かぜ》が外《そと》の人《ひと》に移《うつ》った。

／感冒傳染給了旁人。

● 親《おや》の博打《ばくち》を打《う》つ癖《くせ》が子供《こども》に移《うつ》った。

／父母賭博的習慣傳染給了孩子。

13 うまれる、うむ

1 うまれる（生《う》まれる・産《う》まれる）（自、下一）

1 表示人或其他動物的出生、誕生。

● 赤《あか》ちゃんが生《う》まれた。
／嬰兒誕生了。

● 猫《ねこ》の子《こ》が二《に》匹《ひき》生《う》まれた。
／生了兩隻小貓。

2 表示某一新鮮事物的出現、問世。

● 奇蹟《きせき》が産《う》まれた。
／出現了奇蹟。

● 新《あたら》しい現象《げんしょう》が産《う》まれた。
／出現了新的現象。

● 地動説《じどうせつ》が産《う》まれてから、天動説《てんどうせつ》はすっかり引《ひ》っ繰《く》り返《かえ》された。
／地動説出現了以後，天動説就完全被推翻了。

② うむ（生《う》む・産《う》む）（自、五）

它是與自動詞生《う》まれる相對應的他動詞，用法與生《う》まれる完全對應。

1 與生《う》まれる 1-1 的用法相對應，表示人或其他動物生了，鳥類產卵。

● 男《おとこ》の子《こ》を生《う》んだ。

／生了個男孩。

● 豚《ぶた》は子豚《こぶた》を十匹《じゅうぴき》も生《う》んだ。

／豬生了十頭小豬。

● それはよく卵《たまご》を生《う》む鶏《にわとり》だ。

／那是一隻很會生蛋的雞。

2 與生《う》まれる 1-2 的用法相對應，表示創造出新的、未曾有過的東西。

● 彼《かれ》は奇蹟《きせき》を産《う》んだ。

／他創造了奇蹟。

● 傑作《けっさく》を産《う》むのは容易《ようい》なことではない。

／創造出傑作沒那麼容易。

●頑張《がんば》ればよい結果《けっか》を産《う》むかもしれない。

／努力點也許會出現好結果。

14　うる、うれる

[1] うる（売《う》る）（他、五）

1表示賣某種東西。

●車《くるま》を売《う》る。

／賣車。

●土地《とち》を売《う》る。

／賣土地。

2用名《な》を売《う》る，表示出名。

●彼《かれ》は今度《こんど》のことですっかり名《な》を売《う》った。

／因為這件事，他大大地出了名。

3表示為了自己的利益而背叛。相當於國語的出賣。

● 私《わたし》は友達《ともだち》を売《う》るようなことはしない。

／我絕不出賣朋友。

● やつは国《くに》を売《う》るような男《おとこ》だから、油断《ゆだん》はできない。

／他是個會出賣自己國家的人，對他不能疏忽大意。

②うれる（売《う》れる）（自、下一）

它是與他動詞売《う》る相對應的自動詞，含有売《う》られる（可能）的意思。

1表示某種東西好賣、暢銷。

● あの本《ほん》はよく売《う》れる。

／那本書很暢銷。

● あの中古車《ちゅうこしゃ》もとうとう売《う》れた。

／那輛中古車終於賣掉了。

● いい値段《ねだん》で土地《とち》が売《う》れた。

／土地賣了個好價錢。

2用名《な》が売《う》れる、顔《かお》が売《う》れる，表示很有名氣的、出了名的。

●名《な》が売《う》れた俳優《はいゆう》。

／名演員。

●顔《かお》が売《う》れている。

／大紅人。

它沒有與売《う》る1-3相對的用法，因此下面的說法是不通的。

×彼《かれ》は親《した》しい友《とも》でも売《う》れる。（○親《した》しい友《とも》でも売《う》る）

由於売《う》る、売《う》れる兩者含義不同，下面兩個句子的意思也是有差異的。

●今売《いまう》る家《いえ》は海岸《かいがん》の近《ちか》くにある家《いえ》だ。

／現在賣的房子是在海岸附近的。

●今売《いまう》れる家《いえ》は海岸《かいがん》の近《ちか》くにある家《いえ》だ。

／現在海岸附近的房子很搶手。

◉

お

15 おきる、おこる、おこす

三個詞的漢字都寫作起字，但含義不同，自他對應關係也比較複雜。

1 おきる（起《お》きる）（自、上一）

1 用於人，表示起床、起來；用於具體的東西，表示立起、起來。

● 子供《こども》がもう起《お》きた。

／孩子已經起床了。

● 倒《たお》れた人《ひと》が起《お》き上《あ》がらなかった。

／倒下的人沒有爬起來。

● 昨日《きのう》の風《かぜ》で倒《たお》れた枝《えだ》がいつの間《ま》にか起《お》きた。

／被風刮倒的樹枝，不知什麼時候又活了起來。

2 用於抽象比喻，表示發生了某事。

● 騒動《そうどう》が起《お》きた。
／引起騷動。

● 困《こま》ったことが起《お》きた。
／發生了一件麻煩事。

2 おこる（起《お》こる）（自、五）

與起《お》きる1-2的含義、用法基本相同，用於抽象事物，表示發生了某種事情。

● 大変《たいへん》な事故《じこ》が起《お》こった。
／發生了一起嚴重的事故。

● 面倒《めんどう》なことが起《お》こった。
／發生了一件麻煩事。

● 例《れい》の発作《ほっさ》が起《お》こった。
／他的老毛病又犯了。

● あの火山《かざん》は噴火《ふんか》が起《お》こった。
／那座火山噴發了。

3 おこす（起《お》こす）（他、五）

它與自動詞起《お》きる、起《お》こる相對應，含有起《お》きさせる（使…）的意思。

1 與起《お》きる 1-1 的用法相對應，用於人表示將人叫起、叫醒、扶起；用於物表示將東西扶起。

● 寝《ね》ている子供《こども》を起《お》こす。
／把在睡覺的孩子叫起來。

● 明日《あした》の朝六時《あさろくじ》に起《お》こしてください。
／請在明天早上六點叫醒我。

● 病人《びょうにん》を布団《ふとん》の上《うえ》に起《お》こして食《た》べさせる。
／把病人扶起來讓他坐在床鋪上吃飯。

● 大風《おおかぜ》で倒《たお》れた木《き》を起《お》こした。
／大風把倒下的樹颳了起來。

2 與起《お》きる 1-2、起《お》こる相對應，用於抽象事物，表示引起、惹起某種事情。

● 車《くるま》は大変《たいへん》な事故《じこ》を起《お》こした。
／造成了一起嚴重車禍事故。

● 彼《かれ》は面倒《めんどう》なことを**起《お》こした**。
／他惹出了一件麻煩事。

● おじいさんは例《れい》の発作《ほっさ》を**起《お》こした**。
／爺爺的老毛病又犯了。

● 阿蘇山《あそさん》は噴火《ふんか》を**起《お》こした**。
／阿蘇山爆發了。

除此之外，起《お》こす的受詞（即動作對象）可以用具體的東西，表示掀起、翻起某種東西。而起《お》きる、起《お》こる並沒有這一用法。

● 大《おお》きな石《いし》を**起《お》こす**。（×大《おお》きな石《いし》が**起《お》きる**。）／掀起一個大石頭。

● 畑《はたけ》の土《つち》を**起《お》こす**。（×畑《はたけ》の土《つち》が**起《お》きる**・**起《おこ》る**）／翻起田裡的土。

三者的對應關係，歸納起來大致如下。

起《お》きる（自）　子供《こども》が～。
起《お》こる（自）　事故《じこ》が～。
起《お》こす（他）　**3-1** 子供《こども》を～。　**3-2** 事故《じこ》を～。　土《つち》を～。

對應　對應

16 おしえる、おそわる

1 おしえる（教《おし》える）（他、下一）

1 用Ⓑは Ⓐに Ⓒを教《おし》える句型，表示某人Ⓑ教Ⓐ某種知識、技術Ⓒ。

● 父《ちち》は中学校《ちゅうがっこう》で数学《すうがく》を教《おし》えている。

／父親在中學教數學。

● 日本語《にほんご》を教《おし》える先生《せんせい》は三人《さんにん》もいる。

／教日語的老師有三個人。

● 私《わたし》は外国人《がいこくじん》の学生《がくせい》を教《おし》えている。

／我在教外國學生。

2 也用Ⓑは Ⓐに Ⓒを教《おし》える句型，表示某人Ⓑ告訴、指點Ⓐ道路、方向Ⓒ等。

● すみませんが、郵便局《ゆうびんきょく》への道《みち》を教《おし》えてくださいませんか。

／能告訴我郵局怎麼走嗎？

● 教《おし》えてもらった通《とお》りいくと、すぐ駅《えき》の前《まえ》に出《で》た。

／按照指示走，馬上就到車站前了。

② おそわる（教《おそ》わる）（自、五）

它是與他動詞教《おし》える相對應的自動詞，含有教《おし》えられる（被動）的意思。

1 與教《おし》える 1-1 的用法相對應，它雖是自動詞，但與一般的自動詞不同，可以用～を教《おそ》わる，即Ⓐは Ⓑに（或「について」、「から」）Ⓒを教《おそ》わる句型，表示Ⓐ跟Ⓑ學習Ⓒ，或受教於Ⓑ。

● 弟《おとうと》は家庭教師《かていきょうし》の田中先生《たなかせんせい》に数学《すうがく》を**教《おそ》わって**いる。

／弟弟跟田中老師學數學。

● 私《わたし》たちは二三人《にさんにん》の先生《せんせい》に日本語《にほんご》を**教《おそ》わって**いる。

／我們跟兩三位老師學日語。

● あの人《ひと》なら安心《あんしん》して**教《おそ》われ**ます。

／如果是那個人的話，可以放心跟他學。

2 與教《おし》える 1-2 的用法相對應，也可以用～を教《おそ》わる，即Ⓐは Ⓑに（或「について」、「から」）Ⓒを教《おそ》わる句型，表示Ⓐ問了、請教了Ⓑ關於Ⓒ這件事。

● あるじいさんに郵便局《ゆうびんきょく》への行《い》く道《みち》を**教《おそ》わり**ました。

／我向一位老爺爺請教了去郵局的路。

17 おちる、おとす

1 おちる（落《お》ちる）（自、五）

1 表示人或物從高的地方掉、落到低的地方。

● 木《き》の葉《は》・石《いし》が落《お》ちた。

／樹葉・石頭掉下了。

● 飛行機《ひこうき》が落《お》ちた。

／飛機墜毀了。

● 子供《こども》が川《かわ》に落《お》ちた。

／小孩子掉到河裡了。

● コップが机《つくえ》から落《お》ちた。

／玻璃杯從桌子上掉下來了。

● 廊下《ろうか》に紙屑《かみくず》が落《お》ちている。

／走廊上散落著廢紙。

2 表示文字等從文章中漏掉、脱漏。

● 二行目《にぎょうめ》に三《みっ》つの字《じ》が落《お》ちている。
／第二行漏掉了三個字。

● 名簿《めいぼ》から彼《かれ》の名前《なまえ》が落《お》ちた。
／名單上漏了他的名字。

3表示東西的某一部分從整體上掉下、脱落。

● 色《いろ》・ペンキ・泥《どろ》・垢《あか》が落《お》ちた。
／顏色・油漆・泥土・汙垢掉了。

● 服《ふく》の色《いろ》が落《お》ちた。
／衣服褪色了。

● ボタンが落《お》ちた。
／鈕釦掉了。

4用於抽象事物，表示速度、事物的程度等下降。

● 自動車《じどうしゃ》のスピードが落《お》ちた。
／汽車的速度放慢了。

● 値段《ねだん》が同《おな》じだが、品《しな》が落《お》ちたようだ。

／價錢一樣，可是品質卻變差了。

● 価額《かがく》が少《すこ》し**落**《お》**ち**た。

／價格稍稍降了一些。

● そのことがあってから、彼《かれ》の人望《じんぼう》はずっと落《お》ちた。

／發生了那件事以後，他的聲望持續下滑。

5表示落選

● 勉強《べんきょう》しなかったので、とうとう入学試験《にゅうがくしけん》に**落**《お》**ち**た。

／由於沒有用功，終究沒考上。

● 田中《たなか》は百《ひゃく》メートルの予選《よせん》に**落**《お》**ち**た。

／田中在一百公尺預賽中落選了。

② おとす（落《お》とす）（他、五）

它是與自動詞落《お》ちる相對應的他動詞，由於是他動詞，多表示有意識的動作，但個別時候也表示無意識動作。

1與自動詞落《お》ちる1-1的用法相對應，表示人有意識的把某種東西從高的地方弄掉、碰掉等。

●木《き》の葉《は》・石《いし》を落《お》とした。
／把樹葉・石頭弄掉了。

●ちょっとした不注意《ふちゅうい》でコップを床《ゆか》に落《お》とした。
／稍一不注意，就把玻璃杯碰掉在地上了。

●見事《みごと》に敵《てき》の飛行機《ひこうき》を落《お》とした。
／很巧妙地擊落了敵機。

2與自動詞落《お》ちる1-2的用法相對應，表示某人將某些文字等漏掉。

●彼《かれ》はこれを写《うつ》すとき、一字《いちじ》を落《お》とした。
／他在抄寫的時候，漏了一個字。

●私《わたし》はみんなの名前《なまえ》を呼《よ》ぶとき、彼《かれ》の名前《なまえ》を落《お》とした。
／我在呼喊大家的時候，漏叫了他的名字。

3與自動詞落《お》ちる1-3的用法相對應，表示將某種東西從整體上弄下、弄掉。

●泥《どろ》を落《お》とす。
／把泥沙弄掉。

●垢《あか》を落《お》とす。
／把汙垢弄乾淨。

但值得注意的是：下列連結可以用落《お》ちる，而不能用落《お》とす。

×色《いろ》を落《お》とす。（○色《いろ》が落《お》ちる）

／褪色。

×ペンキを落《お》とす。（○ペンキが落《お》ちる）

／掉漆。

×ボタンを落《お》とす。（○ボタンが落《お》ちる）

／紐扣掉了。

4用於抽象事物，與自動詞落《お》ちる1-4的用法相對應，表示減少、降低等。

●自動車《じどうしゃ》のスピードを落《お》としなさい。

／把車子的速度放慢一些！

●値段《ねだん》を少《すこ》し落《お》とさないと売《う》れない。

／不把價格降低一些，會賣不出去。

5與自動詞落《お》ちる1-5的用法相對應，表示使某人落選。

●五十点《ごじゅうてん》しか取《と》れなかったから、彼《かれ》を落《お》としてしまった。

／他只得了五十分，所以沒有錄取他。

6表示弄丟，這時是無意識的動作。自動詞落《お》ちる沒有與他相對應的用法。

● 途中《とちゅう》で財布《さいふ》を落《お》とした。

／在路上弄丟了錢包。

● 落《お》とした時計《とけい》が見《み》つかった。

／遺失的手錶找到了。

由於落《お》ちる沒有與它相對應的用法，因此上述兩個句子如果換用落《お》ちる時意思是不同的。

● 財布《さいふ》が途中《とちゅう》で落《お》ちた。

／錢包掉在半路上了。

● 落《お》ちた時計《とけい》が見《み》つかった。

／找到了遺失的手錶。

這兩個句子的落《お》ちる表示掉下。

18 おりる、おろす

1 おりる（降《お》りる・下《お》りる）（自、上一）

1表示人或東西從高的地方往下到低的地方。

●二階《にかい》から一階《いっかい》に降《お》りる。
／從二樓下到一樓。
●船《ふね》から陸《りく》に降《お》りる。
／從船上下到陸地。
●幕《まく》が降《お》りる。
／閉幕。
●飛行機《ひこうき》が下《した》へ降《お》りるに従《したが》って町《まち》がはっきり見《み》えてきた。
／隨著飛機下降，街道看得清清楚楚。

2表示人從交通工具（如車、船、飛機）下來。這時它雖也是自動詞，但可以用～を降《お》りる，表示下車、下船。

●バスを降《お》りる。
／下公車。
●船《ふね》を降《お》りる。
／下船。

雖不是從交通工具上下來，但可以說山《やま》を降《お》りる，用法是相同的，表示下山。

2 おろす（降《お》ろす・下ろす）（他、五）

1與降《お》りる1-1的用法相對應，表示將某種東西從高處降下、放下、拿下等。

● 二階《にかい》の机《つくえ》を一階《いっかい》へ降《お》ろした。

／把二樓的桌子搬到樓下來了。

● あの棚《だな》の上《うえ》のカバンを降《お》ろしてくださいませんか。

／請把那架子上的手提包拿下來好嗎？

● 幕《まく》を降《お》ろしても拍手《はくしゅう》の音《おと》がやまなかった。

／閉幕以後，掌聲還是沒有停下。

2與降《お》りる1-2的用法相對應，表示讓人從車、船上下來；或把東西從車、船上卸下。

● バスは停留所《ていりゅうじょ》で客《きゃく》を降《お》ろしています。

／公車停在車站，讓乘客下車。

● 駅《えき》の近《ちか》くで車《くるま》から降《お》ろしてもらった。

／在車站附近讓我下了車。

●荷馬車《にばしゃ》から荷物《にもつ》を降《お》ろす。

／從馬車上卸下了行李。

●船《ふね》からボートを降《お》ろす。

／從大船上放下了小船。

19 おる、おれる

1 おる（折《お》る）（他、五）

1 表示將細長的東西弄斷、折斷。

●スケートをして足《あし》の骨《ほね》を折《お》った。

／溜冰時跌斷了腿。

●公園《こうえん》の木《き》の枝《えだ》や花《はな》を折《お》ってはいけない。

／不要攀折公園裡的樹木、花草！

●鉛筆《えんぴつ》の芯《しん》を折《お》ってしまったから、あなたのを貸《か》してください。

／我的鉛筆筆芯折斷了，請將你的借我。

2 表示將紙、布等一些薄薄的東西折起、疊起。

● 折紙《おりがみ》を折《お》る。

／摺紙。

● その紙《かみ》を折《お》らないでください。

／不要摺到那張紙。

● 風呂敷《ふろしき》を折《お》ってたたむ。

／把布巾摺好疊起來。

② おれる（折《お》れる）（自、下一）

它是與他動詞折《お》る相對應的自動詞。

1 與折《お》る 1-1 的用法相對應，表示細長的東西斷、折、折斷。

● 足《あし》の骨《ほね》が折《お》れた。

／腿骨斷了。

● 木《き》の枝《えだ》が大風《おおかぜ》で折《お》れた。

／樹枝被大風颳斷了。

●鉛筆《えんぴつ》の芯《しん》が折《お》れて困《こま》ります。
／鉛筆芯斷了，真傷腦筋。

2與他動詞折《お》る1-2的用法相對應，表示將布、紙等一些薄薄的東西折著、疊著。

●本《ほん》のページが折《お》れている。
／書頁折著。

●この物差《ものさ》しは折《お》れるようにできている。
／這把尺能夠摺疊。

3用於地理方面，表示道路、河流等往某一方向彎去。他動詞折《お》る沒有和它相對應的用法。

●この道《みち》を右《みぎ》に折《お》れる（×右《みぎ》に折《お》る）と、郵便局《ゆうびんきょく》があります。
／順著這條路向右拐，那裡有一個郵局。

●M市《し》を境《さかい》に川《かわ》は大《おお》きく西《にし》に折《お》れている（×西《にし》に折《お》っている）。
／這條河以M市為界，拐個大彎向西流去。

上述這種情況，由於道路、河流都是客觀存在，不是人們意志所能左右得了的，因此不能用右《みぎ》に折《お》る、西《にし》に折《お》る。

20 おわる、おえる

1 おわる（終《お》わる）（自、五）

1表示某種事情、工作等等作完、終了、完了。例如：

●仕事《しごと》・授業《じゅぎょう》・講義《こうぎ》・練習《れんしゅう》・手術《しゅじゅつ》が終《お》わる。

／工作・上課・課程・練習・手術結束了。

●ようやく仕事《しごと》が終《お》わった。

／好不容易作完了工作。

●試験《しけん》が終《お》わったら故郷《ふるさと》へ帰《かえ》るつもりです。

／我打算考試結束後，就回老家去。

它雖是自動詞，但強調有意識地使…終了，即有意識地結束某種事情、工作時，可以用～を終《お》わる，這時與～を終《お》える的意思相同。

●これで私《わたし》の話《はなし》を終《お》わります。

／我言盡於此。

● 早《はや》く仕事《しごと》を終《お》わって帰《かえ》りたいものです。

／我想早一點完成工作回家。

2表示某一時間、期間的完了、終了。

● 長《なが》い冬《ふゆ》が終《お》わった。

／漫長的冬天過完了。

● 夏休《なつやす》みがとうとう終《お》わった。

／暑假終究結束了。

● 江戸時代《えどじだい》が終《お》わって明治《めいじ》のご時世《じせい》になった。

／江戸時代結束，進入了明治時代。

3表示地理上某一情況的完了。

● 車窓《しゃそう》の風景《ふうけい》は町《まち》が終《お》わって畑《はたけ》に変《か》わる。

／窗外的風景從城市變成了田地。

[2] おえる（終《お》える）（他、下一）

它是與自動詞終《お》わる相對應的他動詞。

1 與終《お》わる[1-1]相對應，表示使持續性的事情、工作等結束、終了。例如：

● 仕事《しごと》・授業《じゅぎょう》・講義《こうぎ》・練習《れんしゅう》・手術《しゅじゅつ》を終《お》える。

／結束工作・課程・講課・練習・手術。

● この仕事《しごと》を終《お》えれば暇《ひま》になります。

／作完這個工作，就有空了。

● テニスの練習《れんしゅう》を終《お》えたら、買《か》い物《もの》に行《い》きます。

／練完網球，就出去買東西。

● 試験《しけん》を終《お》えたら、故郷《ふるさと》へ帰《かえ》るつもりです。

／考完試了之後，我打算回老家去。

自動詞終《お》わる用を構成的連語～を終《お》わる基本上與～を終《お》える的意思相同。

● 話《はなし》を終《お》わる（○話《はなし》を終《お》える）。

／結束談話。

● 練習《れんしゅう》を終《お》わる（○練習《れんしゅう》を終《お》える）。

／結束練習。

但它沒有與終《お》わる[1-2][1-3]用法相對應的用法，即不能講結束某一時間、地點，因為時間或地點不是人們的意志所能左右得了的。因此下面的說法是不通的。

×とうとう寒《さむ》い冬《ふゆ》が終《お》えました。（○冬《ふゆ》が終《お》わりました。）

×にぎやかな商店街《しょうてんがい》を終《お》えました。（○商店街《しょうてんがい》が終《お》わりました。）

◎か

21 かくす、かくれる

1 かくす（隠《かく》す）（他、五）

一般用Ⓑを©に隠《かく》す句型，表示將某種東西Ⓑ藏、隱藏在©處。

● 月《つき》が雲《くも》に姿《すがた》を隠《かく》した。
／月亮（將自己）隱藏在雲裡了。

● 物影《ものかげ》に身《み》を隠《かく》してじっと様子《ようす》を伺《うかが》った。
／藏身在隱密處，一動也不動得觀察著。

● お金《かね》を箪笥《たんす》の中《なか》に隠《かく》した。
／把錢藏在衣櫃裡了。

● 彼女《かのじょ》は自分《じぶん》の年《とし》を隠《かく》した。
／她隱瞞了自己的年齡。

②かくれる（隠《かく》れる）（自、下一）

它是與隠《かく》す相對應的自動詞。

1用Ⓑが©に隠《かく》れる句型，表示Ⓑ隱藏、藏在©處。

● 月《つき》が雲《くも》に隠《かく》れてしまった。
／月亮藏進雲裡了。

● 物影《ものかげ》に隠《かく》れてじっと様子《ようす》を見《み》ている。
／藏在影子的後面，一動也不動地觀察著。

● 身《み》が隠《かく》れるところがない。
／沒有藏身之處。

要隱藏具體的東西，一般要人的動作才行，因此多用他動詞隠《かく》す，很少用隠《かく》れる，因此下面的句子是不通的。

×お金《かね》が箪笥《たんす》に隠《かく》れている。×年《とし》が隠《かく》れている。

2用隠《かく》れた體言Ⓓ，表示不為人知的Ⓓ、無名的Ⓓ。隠《かく》す沒有此用法。

● 彼《かれ》は隠《かく》れた英雄《えいゆう》だ。
／他是位無名英雄。

● あの人《ひと》は隠《かく》れた発明家《はつまいか》だ。

／他是個默默無聞的發明家。

● この仕事《しごと》を始《はじ》めてから、彼《かれ》の隠《かく》れた才能《さいのう》が現《あらわ》れた。

／開始這個工作以後，他不為人知的才能才顯露了出來。

隠《かく》す沒有與它相對應的用法，因此下面的句子是不通的。

×彼《かれ》は隠《かく》した発明家《はつめいか》だ。

22 かける（掛ける）、かかる（掛かる）

1 かける（掛《か》ける）（他、下一）

1 用Ⓑを©に掛《か》ける句型，表示有意識地將某種東西Ⓑ掛在另一種東西©上面。

● 絵《え》を壁《かべ》に掛《か》ける。

／把畫掛在牆上。

● オーバーを洋服掛《ようふくか》けにお掛《か》けなさい。

／把大衣掛在衣架上。

2用Ⓒに Ⓑを掛《か》ける句型，表示有意識地將Ⓑ放、架在Ⓒ上。

● ガスに鍋《なべ》を掛《か》ける。

／把鍋子放在瓦斯爐上。

● 秤《はかり》に荷物《にもつ》を掛《か》ける。

／把行李放在秤子上。

● 川《かわ》に橋《はし》を掛《か》ける。

／在河上架橋。

3也用Ⓒに Ⓑを掛《か》ける句型，表示有意識地將Ⓑ這一液體的或粉狀的東西澆、濺、灑到Ⓒ上。

● 花《はな》に水《みず》を掛《か》ける。

／幫花澆水。

● おかずに塩《しお》を掛《か》ける。

／在食物上灑鹽。

4另外掛《か》ける還有許多含義、用法。例如：

●鍵《かぎ》を掛《か》ける。

／上鎖。

●電話《でんわ》を掛《か》ける。

／打電話。

●沢山《たくさん》のお金《かね》を掛《か》ける。

／要花好多銭。

●お目《め》に掛《か》ける。

／看。（敬語）

●手《て》を掛《か》ける。

／動手（作某事）。

●迷惑《めいわく》を掛《か》ける。

／給人添麻煩。

②かかる（掛《か》かる）（自、五）

它是與他動詞掛《か》ける相對應的自動詞，含有掛《か》けられる（被動）的意思。

1 與掛《か》ける 1-1 的用法相對應，用Ⓑが©に掛《か》かる句型，表示Ⓑ掛在©的上面，這時只

強調被掛著的狀態。

●絵《え》が壁《かべ》に掛《か》かっている。

／畫被掛在牆上。

●オーバーが洋服《ようふく》掛《か》けに掛《か》かっている。

／大衣掛在衣架上。

但不是有意識的動作，只是強調掛著這一狀態時，只能用～に掛《か》かる，而不能用～を～に掛《か》ける。例如：

●凧《たこ》が電線《でんせん》に掛《か》かっている。（×凧《たこ》を電線《でんせん》に掛《か》けた。）

／風箏掛在電線上了。

2 與掛《か》ける1-2的用法相對應，用Ⓒに Ⓑが掛《か》かる句型，表示在Ⓒ上面放著、架著Ⓑ。

●ガスに鍋《なべ》が掛《か》かっている。

／在瓦斯爐上放著鍋子。

●この荷物《にもつ》が重《おも》すぎて秤《はかり》には掛《か》からないでしょう。

／這個行李太重，無法用秤量吧。

●川《かわ》には橋《はし》が掛《か》かっている。

／河上架著橋。

但所表示的不是有意識的動作結果時，則只能用掛《か》かる，而不能用他動詞掛《か》ける。

● 空《そら》には虹《にじ》が掛《か》かって（×虹《にじ》を掛《か》けて）とても綺麗《きれい》です。

／天空掛著彩虹，非常美麗。

3與掛《か》ける1-3的用法相對應，用Ⓒには Ⓑが掛《か》かる句型，表示Ⓑ這一液體的或粉狀的東西，澆、濺、灑到Ⓒ上。

● 自動車《じどうしゃ》がそばを通《とお》ったので、泥水《どろみず》がズボンに掛《か》かってしまった。

／汽車從身旁駛過，泥水濺到褲子上了。

● 埃《ほこり》が掛《か》からないように、カバーを掛《か》けましょう。

／掛上罩子，免得沾上灰塵。

4另外掛《か》かる與掛《か》ける的用法大部分是相對應的。但意思有時稍有不同。例如：

● ドアに鍵《かぎ》を掛《か》けなさい。

／把門鎖上！

● ドアに鍵《かぎ》が掛《か》かっている。

／門鎖著。

●先生《せんせい》に電話《でんわ》を掛《か》けた。
／給老師打了電話。
●先生《せんせい》から電話《でんわ》が掛《か》かってきた。
／打電話給老師。
●相当《そうとう》のお金《かね》を掛《か》けてその絵《え》を買《か》った。
／花了好多錢買下那幅畫。
●それはお金《かね》の掛《か》かることだ。
／那非常花錢的。
●これをお目《め》に掛《か》けます。
／請您看看這個。
●お目《め》に掛《か》かって嬉《うれ》しく存《ぞん》じます。
／能跟你見面真讓人高興。
●手《て》を掛《か》けてはいけない。
／不要碰。
●それは手《て》が掛《か》かる仕事《しごと》だ。
／那是個費工的工作。

● 人《ひと》に迷惑《めいわく》を掛《か》けないように気《き》をつけなさい。

／注意不要給旁人添麻煩。

● 人《ひと》に迷惑《めいわく》が掛《か》かれば謝《あやま》らなければならない。

／給旁人添了麻煩，就必須道歉。

但有些掛《か》ける、掛《か》かる構成的固定慣用語，就只能使用其中之一。例如：

1只能用「掛《か》ける」的場合。

● 腰《こし》を掛《か》ける（×腰《こし》が掛《か》かる）。

／坐下。

● 口《くち》を掛《か》ける（×口《くち》が掛《か》かる）。

／搭話。

● 目《め》に掛《か》ける（×目《め》が掛《か》かる）。

／照顧。

● 謎《なぞ》を掛《か》ける（×謎《なぞ》が掛《か》かる）。

／出謎題。

● 馬力《ばりき》を掛《か》ける（×馬力《ばりき》が掛《か》かる）。

／加足馬力。

●二《に》に五《ご》を掛《か》ける（×二《に》に五《ご》が掛《か》かる）。

／二乘五。

2只能用「掛《か》かる」的場合。

●手《て》すりに掛《か》かる（×手《て》すりを掛《か》かる）。

／扶著欄杆。

●敵《てき》の手《て》に掛《か》かる（×敵《てき》の手《て》を掛《か》ける）。

／向敵人進攻。

●人手《ひとで》に掛《か》かる（×人手《ひとで》を掛《か》ける）。

／遭人毒手。

以上只是掛《か》ける、掛《か》かる用法的一部分，都是一些常見的用法。其他的就不再贅述。

23 かわかす、かわく

[1] かわく（乾《かわ》く）（自、五）

1表示物體中的水份、濕氣消失了，即乾、變乾。

● 夏《なつ》は洗濯物《せんたくもの》がよく乾《かわ》きます。

／夏天衣服容易曬乾。

● ここは空気《くうき》が乾《かわ》いているので気持《きも》ちがいい。

／這裡空氣乾燥，很舒服。

● インキが乾《かわ》いていないから気《き》をつけなさい。

／鋼筆墨水還沒乾請注意。

● ペンキが乾《かわ》くまで手《て》を触《さわ》れないように。

／油漆未乾以前注意別碰到了。

● 吊《つ》るし柿《がき》がだいぶ乾《かわ》いてきた。

／吊柿已經乾得差不多了。

2 構成慣用語，用喉《のど》がかわく，表示口渴。

● 暑《あつ》いときは喉《のど》が乾《かわ》く。

／熱的時候口很渴。

● 喉《のど》が乾《かわ》いたら、冷蔵庫《れいぞうこ》の中《なか》の冷《つめ》たい飲《の》み物《もの》をお飲《の》みなさい。

／口渴的話，可以喝冰箱裡的冷飲。

2 **かわかす**（乾《かわ》かす）（他、五）

乾《かわ》かせる是由**乾《かわ》く**後接**せる**所構成的他動詞。含有使…變乾的意思，與乾《かわ》く1-1的用法相對應，表示用某種方法弄乾某種東西，如曬乾、吹乾、烤乾等。

● 雨《あめ》に濡《ぬ》れた洋服《ようふく》をストーブの火《ひ》で**乾《かわ》かす**。

／用暖爐把被雨淋濕的衣服烘乾。

● この封筒《ふうとう》はのりをつけたばかり濡《ぬ》れていますから、**乾《かわ》かして**出《だ》してください。

／這個信封剛糊上漿糊還濕著，等乾了以後再寄出去吧。

● 大根《だいこん》を日陰《ひかげ》に干《ほ》して**乾《かわ》かします**。

／把蘿蔔放在陰暗處晾乾。

由於使用使…口渴的情況是很少的，因此一般不說喉《のど》を乾《かわ》かす。

24 かわる（変《か》わる）、かえる（変《か》える）

1 **かわる**（変《か》わる）（自、五）

1 用Ⓐが変《か》わる或Ⓐから Ⓑに（と）変《か》わる句型，表示某種東西Ⓐ變化、變；或Ⓐ變

化、變成Ⓑ。

●顔色《かおいろ》・声《こえ》・気分《きぶん》が変《か》わる。

／臉色・聲音・情緒變了。

●天気《てんき》・雲行《くもゆ》きが変《か》わる。

／天氣變了。

●私《わたし》がそう言《い》うと、彼《かれ》は突然《とつぜん》顔色《かおいろ》が変《か》わった。

／我這麼一說，他的臉色就突然變了。

●病気《びょうき》が治《なお》ってから声《こえ》が変《か》わった。

／病好了以後，聲音就變了。

●目的地《もくてきち》は大阪《おおさか》から京都《きょうと》へと変《か》わった。

／目的地從大阪改成京都了。

●電力《でんりょく》が火力発電《かりょくはつでん》から水力発電《すいりょくはつでん》に変《か》わった。

／電力從火力發電變成了水力發電。

●穏《おだ》やかな天気《てんき》が急《きゅう》に嵐《あらし》と変《か》わった。

／穩定的天氣瞬間狂風暴雨。

●風《かぜ》が北《きた》に変《か》わったので、急《きゅう》に寒《さむ》くなった。

／改吹北風突然降溫了。

2用変《か》わった＋體言、変《か》わっている＋體言句型，表示和普通不同的。可譯作奇怪的、出奇的、不普通的、與眾不同的。

●これは変《か》わった形《かたち》の自転車《じてんしゃ》だ。

／這是一輛奇形怪狀的腳踏車。

●変《か》わった人《ひと》だね。挨拶《あいさつ》をしても黙《だま》っている。

／真是個怪人，跟他打招呼也不理。

2 かえる（変《か》える）（他、下一）

它是與自動詞変《か》わる相對應的他動詞。與変《か》わる1-1的用法相對應，構成Ⓐを変《か》える或Ⓐを（Ⓑから）Ⓒに変《か》える句型，表示改變Ⓐ，或把Ⓐ（從Ⓑ）改變成Ⓒ。

●顔色《かおいろ》・声《こえ》を変《か》える。

／變臉色・聲音。

● 天気《てんき》・雲行《くもゆ》きを変《か》える。

／變天。

● それを聞《き》いて彼《かれ》は顔色《かおいろ》まで変《か》えた。

／聽聞此事，他臉色都變了。

● 旅行《りょこう》は気分《きぶん》を変《か》えるのにいい。

／旅行對轉換心情很有幫助。

● 水道水《すいどうみず》を蒸溜水《じょうりゅうすい》に変《か》えなければ使《つか》えない。

／把自來水變成蒸餾水才能喝。

● 六月《ろくがつ》に入《はい》ってから服《ふく》を夏服《なつふく》に変《か》える。

／進入六月以後改穿夏服。

● 目的地《もくてきち》を大阪《おおさか》から京都《きょうと》に変《か》えた。

／將目的地由大阪改成京都。

● 人《ひと》の力《ちから》ではまだ天気《てんき》を変《か》えることができない。

／還無法用人力改變天氣。

它沒有與変《か》わる 1-2 相對應的用法，因此不能用変《か》えた＋體言表示與眾不同的。

25 かわる、かえる

1 かわる（代《か》わる・換《か》わる・替《か》わる）（自、五）

一般用Ⓑは Ⓐに代《か》わる句型，表示某人、某種東西Ⓑ代替、代另外的人、另外的東西Ⓐ。

●（私《わたし》が）父《ちち》に代《か》わってご挨拶《あいさつ》申《もう》し上《あ》げます。

／我代父親講幾句話。

●（私《わたし》が）社長《しゃちょう》に代《か》わってお話《はなし》をお伺《うかが》いいたしましょう。

／我代社長請教您的意見。

●ナイロンは絹《きぬ》に代《か》わる新《あたら》しい繊維《せんい》です。

／尼龍是代替蠶絲的新纖維。

●プラスチックはガラスに代《か》わる物質《ぶっしつ》だ。

／塑膠是玻璃的替代物質。

2 かえる（代《か》える・換《か》える・替《か》える）（他、下一）

它是與自動詞代《か》わる相對應的他動詞，用Ⓑを Ⓐに換《か》える句型，表示用某種東西Ⓑ代替、替換另一種東西Ⓐ；或把Ⓑ換成Ⓐ。

● 書面《しょめん》をもってご挨拶《あいさつ》に代《か》えます。

／用書信代為問候。

● はなはだ簡単《かんたん》ですが、これをもってお礼《れい》の言葉《ことば》に代《か》えます。

／簡短得以此聊表謝意。

● 一万円札《いちまんえんさつ》を千円札《せんえんさつ》に替《か》えてください。

／請把這一萬日元的鈔票找開成一千日元的。

● 窓《まど》を開《あ》けて空気《くうき》を換《か》えなさい。

／請打開窗子讓空氣流通流通。

◎き

26 きえる、けす

消《き》える與消《け》す是相互對應的自他動詞，但它們與一般相互對應的自他動詞稍有不同；同一個漢字消，自動詞時讀作き，他動詞時讀作け。

1 きえる（消《き》える）（他、五）

表示看到的、聽到的、嗅到的、感覺到的某種東西、情況消失。相當於國語的消失、滅、看不到、聽不到、感覺不到等。

1 與消《け》す的用法相對應。

● 火《ひ》・電燈《でんとう》・あかりが消《き》えた。

／火・電燈・燈滅了。

● 色《いろ》・つや・匂《にお》い・味《あじ》が消《き》えた。

／顏色・光澤・香氣・味道消失了。

● 字《じ》・音《おと》・テープが消《き》えた。
／字看不見了・聲音・錄音帶聽不見了。

● 風《かぜ》でマッチの火《ひ》が消《き》えた。
／風把火柴的火吹滅了。

● 突然電燈《とつぜんでんとう》が消《き》えて部屋《へや》は真《ま》っ暗《くら》になった。
／突然電燈滅了，房間變得漆黑一片。

● 看板《かんばん》が古《ふる》いので、字《じ》が消《き》えて読《よ》めなくなった。
／招牌舊了，字模糊了看不清楚了。

2他動詞消《け》す沒有與它相對應的用法。以下句子都不能換用～を消《け》す。

● 噂《うわさ》・印象《いんしょう》・思《おも》い出《で》・望《のぞ》み・記憶《きおく》が消《き》えた。
／傳聞・印象・回憶・希望・記憶消失了。

● 春《はる》になって山《やま》の雪《ゆき》が消《き》えた。
／到了春天，山上的雪都融了。

● 子供《こども》のとき住《す》んでいた町《まち》の印象《いんしょう》も今《いま》は消《き》えてしまった。
／對小時候住過的小鎮，現在已經完全沒了印象。

● 亡《な》くなった恋人《こいびと》のことが頭《あたま》から消《き》えない。

／死去戀人的身影，仍留在腦海裡。

②けす（消《け》す）（他、五）

它是與自動詞消《き》える相對應的他動詞。表示將看到的、聽到的、嗅到的、嚐到的東西弄掉，可根據具體情況適當地譯作熄掉、塗掉、抹掉等。

1與自動詞消《き》える相對應的用法。

● 火《ひ》・電燈《でんとう》・あかりを消《け》した。

／撲滅了火・關掉電燈・熄掉燈。

● 色《いろ》・つや・匂《にお》い・味《あじ》を消《け》した。

／去除顏色・光澤・氣味・味道。

● 字《じ》・音《おと》・テープを消《け》した。

／去除字・聲音・膠帶。

● 出《で》かける前《まえ》にガスの火《ひ》を消《け》したかどうかよく見《み》てください。

／外出以前，要仔細看看瓦斯爐的火關掉了沒有。

● 夜寝《よるね》るときに電燈《でんとう》を消《け》します。

／晚上睡覺的時候要關燈。

● 間違《まちが》った字《じ》を消《け》して書《か》き直《なお》します。

／把寫錯的字塗掉重新寫。

2 但有些消《き》える的用法，是消《け》す所沒有的，因此下列句子是不能用～を消《け》す的。

● 雪《ゆき》が消《き》えた（×雪《ゆき》を消《け》した）。

／雪融了。

● 噂《うわさ》・印象《いんしょう》・思《おも》い出《で》・希望《きぼう》・記憶《きおく》が消《き》えた。（×消《け》した）

／傳聞・印象・回憶・希望・記憶喪失了。

27 きく、きこえる

1 きく（聞《き》く）（他、五）

1 表示聽到某種聲音。這時的受詞多是声《こえ》或音《おと》。

● ものすごい爆発《ばくはつ》の音《おと》を聞《き》いた。

／聽到了一陣激烈的爆炸聲。

● 郊外《こうがい》に出《で》ると、鶯《うぐいす》の声《こえ》を聞《き》くことができる。

／走到郊外，就可以聽到黃鶯的叫聲。

● 鶏《にわとり》の鳴《な》き声《ごえ》を聞《き》いてすぐ起《お》きた。

／聽到雞鳴就立刻起床了。

2表示有意識地去聽要聽的東西。這時的受詞不限於声《こえ》或音《おと》。

● 音楽《おんがく》・レコード・ニュースを聞《き》く。

／聽音樂・唱盤・新聞。

● 私《わたし》は毎朝《まいあさ》ラジオの天気予報《てんきよほう》を聞《き》きます。

／我每天早上都聽天氣預報的廣播。

● 私《わたし》は人《ひと》の話《はなし》を聞《き》くのが大好《だいす》きです。

／我很喜歡聽人講話。

3表示聽說。

● 李君《りくん》が日本《にほん》へ行《い》ったということを聞《き》いた。

／我聽說李同學去日本了。

● 内山先生《うちやませんせい》が文部大臣賞《もんぶだいじんしょう》を授《さず》かったということを聞《き》いた。

／聽說內山老師得到了文化部長獎。

4表示接受意見。

●弟《おとうと》は私《わたし》の言《い》うことを全然《ぜんぜん》聞《き》かない。
／弟弟對我的意見一概不理。

●会社《かいしゃ》は組合《くみあい》の要求《ようきゅう》を聞《き》いて賃金《ちんぎん》を上《あ》げた。
／公司接受了工會的請求，提高了工資。

5表示詢問、問。

●あるおじいさんに郵便局《ゆうびんきょく》へ行《い》く道《みち》を聞《き》いた。
／我向一位老爺爺問了去郵局的路。

●辞書《じしょ》にも載《の》っていない漢字《かんじ》だから、先生《せんせい》に聞《き》かなければ読《よ》めない。
／那個漢字字典上查不到，不問老師是不會唸的。

●彼《かれ》がいつ台湾《たいわん》へ来《く》るか手紙《てがみ》で聞《き》いてみましょう。
／寫信問問他什麼時候來台灣吧！

2 きこえる（聞《き》こえる）（自、下一）

它是與他動詞聞《き》く相對應的自動詞，含有聞《き》かれる（可能）的意思。

1與聞《き》く1-1的用法相對應，表示無意中聽到、聽得到。

● 時計《とけい》の秒《びょう》を刻《きざ》む音《おと》が聞《き》こえた。

／聽到了秒針走動的聲音。

● 警官《けいかん》の笛《ふえ》が聞《き》こえ。

／聽到了警笛的聲音。

● 鶏《にわとり》の鳴《な》き声《ごえ》が聞《き》こえた。

／聽到了雞叫聲。

2與他動詞聞《き》く1-2的用法相對應，表示聽得到，也可以譯作傳來。

● 道《みち》を歩《ある》いていると、美《うつく》しい音楽《おんがく》が聞《き》こえた。

／走著走著路上傳來了優美的音樂聲。

● ラジオが壊《こわ》れて聞《き》こえなくなった。

／收音機壞了，聽不到了。

● 先生《せんせい》の声《こえ》が小《ちい》さいので、後《うしろ》の人《ひと》には聞《き》こえない。

／老師的聲音很小，後面的人聽不到。

3表示聽起來…。聞《き》く沒有和它相對應的用法。

● 私《わたし》がこんなことを言《い》うと、変《へん》に聞《き》こえますか。
／我這麼說，聽起來很奇怪嗎？

● 彼《かれ》の話《はなし》は皮肉《ひにく》に聞《き》こえた。
／他講話聽起來很諷刺。

● この言葉《ことば》は今《いま》の人《ひと》におかしく聞《き》こえる。
／這句話現代人聽起來會覺得很可笑。

4 表示有名、知名。聞《き》く沒有與它相對應的用法。

● 彼《かれ》の名《な》は世界《せかい》に聞《き》こえている。
／他的名字響遍全世界。

● 立派《りっぱ》な政治家《せいじか》として彼《かれ》の名《な》は聞《き》こえている。
／他以一位傑出的政治家之姿廣為人知。

● 彼《かれ》の父《ちち》は物理学者《ぶつりがくしゃ》として世《よ》に聞《き》こえた人《ひと》だ。
／他父親是知名的物理學者。

1 きめる（決《き》める）（他、下一）

1 表示決定事物或是決定態度、方針等。

● 日本《にほん》へ行《い》く日《ひ》を決《き》めた。

／決定了去日本的日期。

● 卒業後《そつぎょうご》の仕事《しごと》はまだ決《き》めていません。

／畢業後的工作還沒有決定。

● 何《なに》を食《た》べるか早《はや》く決《き》めなさい。

／要吃什麼快一點決定。

● 今度《こんど》の修学旅行《しゅうがくりょこう》はホンコンへ行《い》く事《こと》に決《き》めた。

／這次的校外教學決定去香港去。

● 政府《せいふ》は予算《よさん》を増《ふ》やす事《こと》に決《き》めた。

／政府決定增加預算。

2 用…と決《き》めている、…と決《き》めてかかる句型，表示認為…。決《き》まる沒有和它相對應的用法。

● 彼《かれ》は私《わたし》も大学《だいがく》に入《はい》れると**決《き》めて**いる。

／他認為我也能上大學。

● 友《とも》だちは私《わたし》が水泳《すいえい》が上手《じょうず》だと**決《き》めて**かかるが、それは本当《ほんとう》ではない。

／朋友以為我很會游泳，但其實根本不是那樣的。

② きまる（決《き》まる）（自、五）

它是與他動詞決《き》める相對應的自動詞，含有決《き》められる（被動）的意思。

1 與決《き》める 1-1 的用法相對應，表示某種事情或某種態度、決心等已被決定下來。

● 日本《にほん》へ行《い》く日《ひ》はもう**決《き》まった**。

／去日本的日期已經定了。

● 彼女《かのじょ》の結婚《けっこん》する相手《あいて》はもう**決《き》まった**。

／她已經決定了結婚的對象。

● 卒業後《そつぎょうご》の仕事《しごと》はまだ**決《き》まって**いません。

／畢業後的工作還沒有確定。

● 何《なに》を食《た》べるかまだ**決《き》まって**いません。

／還沒有決定要吃什麼。

● とうとうその大学《だいがく》に入《はい》る決心《けっしん》が決《き》まった。
／終於下定決心要考那所大學了。

2用決《き》まった＋體言句型，表示一定、固定的，或用決《き》まって＋用言表示一定…、肯定…。他動詞決《き》める沒有此用法。

● 彼《かれ》には決《き》まった収入《しゅうにゅう》がある。
／他有穩定的收入。

● あれはいつもの決《き》まり文句《もんく》だ。
／那是常講的客套話。

● この辺《へん》は雨《あめ》が降《ふ》ると、決《き》まって大水《おおみず》になる。
／這地方一下雨就一定淹水。

● 僕《ぼく》が訪《たず》ねるたびに、彼《かれ》は決《き》まって留守《るす》だ。
／我每次去拜訪他的時候，他一定都不在。

3用～に決《き》まっている慣用型，表示一定是如此的。決《き》める沒有此用法。

● 夏《なつ》は暑《あつ》いに決《き》まっている。
／夏天一定很熱。

● 薬《くすり》はまずいに決《き》まっている。
／藥一定不好吃。

● 日曜日《にちようび》は休《やす》みに決《き》まっている。
／星期天一定會休息。

29. きる、きれる

1 きる（切《き》る）（他、五）

1用刀、剪刀、鋸子等工具將東西切、剪、砍、鋸開。

● ナイフ・鋏《はさみ》・刀《かたな》・鋸《のこぎり》で切《き》る。
／用小刀切・剪刀剪・菜刀切・鋸子鋸。

● 野菜《やさい》・肉《にく》・髪《かみ》・木《き》の枝《えだ》を切《き》る。
／切菜・切肉・剪髮・剪樹枝。

● 木《き》の枝《えだ》を切《き》って落《お》とす。
／把樹枝剪掉。

● 糸《いと》で羊羹《ようかん》を切《き》る。

／用線切羊羹。

● ただいまから切符《きっぷ》を切《き》ります。

／現在開始剪票。

● 鋸《のこぎり》で板《いた》を切《き》る。

／用鋸子鋸木板。

作為慣用語來用。

● 肩《かた》で風《かぜ》を切《き》って歩《ある》く。

／大搖大擺地走。

● トランプを切《き》ってから配《くば》る。

／洗完撲克牌後發牌。

2用於抽象比喻，表示斷、斷絕某種關係。

● 親子《おやこ》の縁《えん》を切《き》る。

／斷絕父子關係。

● 悪《わる》い友《とも》だちとは手《て》を切《き》った。

／和壞朋友斷了聯繫。

● 今《いま》までの会社《かいしゃ》と手《て》を切《き》って新《あたら》しい会社《かいしゃ》と契約《けいやく》した。
／和舊公司解約，與新公司簽了新合約。

也可以用來表示停下、暫停某種活動。可根據情況適當地譯成中文。

● 電話《でんわ》を切《き》る。
／掛了電話。

● ラジオのスイッチを切《き》った。
／關上了收音機的開關。

● ちょっと言葉《ことば》を切《き》る。
／稍微打斷了一下談話。

● 息《いき》を切《き》って走《はし》ってくる。
／喘著氣跑過來。

② きれる（切《き》れる）（自、五）

它是與他動詞切《き》れる相對應的自動詞，含有切《き》られる（可能）的意思。

1 它沒有與切《き》る 1-1 對應的用法。因此，下面的說法都是不通的。

×大根《だいこん》が切《き》れた。

×板《いた》が切《き》れた。

×肩《かた》で風《かぜ》が切《き》れて歩《ある》く。

但個別時候，如講細長的東西斷了，還是可以使用。例如：

● 縄《なわ》が切《き》れた。

／繩子斷了。

2 與切《き》る1-2的用法相對應，表示某種關係斷、斷絕。

● 親子《おやこ》の縁《えん》が切《き》れた。

／斷絕了親子關係。

● 悪《わる》い友《とも》だちと手《て》が切《き》れた。

／和壞朋友斷了往來。

也可以表示某種活動結束、停下。可根據情況適當地譯成中文。

● 電話《でんわ》が切《き》れた。

／電話斷了。

● 言葉《ことば》が切《き》れた。

／話講完了。

● 息《き》が切《き》れる。

／喘不過氣。

3作為狀態動詞來用，表示刀具鋭利、快。切《き》る沒有與它相對應的用法。

● この鋏《はさみ》はよく切《き》れる。

／這把剪刀很鋒利。

● 研《と》いでからこのナイフはよく切《き》れる。

／磨好了以後，這把刀就鋒利了。

4表示可能切斷、能夠切斷。這時與切《き》ることができる意思相同。

● ボール紙《がみ》でもこの鋏《はさみ》で切《き》れる。（○切《き》ることができる）

／即使是厚紙板也能用這把剪刀剪斷。

● 大《おお》きな木《き》なので、普通《ふつう》の鋸《のこぎり》では切《き》れない。（○切《き》ることができない）

／那是一棵很大的樹，普通的鋸子鋸不斷。

◎く

30 くれる（暮《く》れる）

①くれる（暮《く》れる）（自、下一）

1表示某一時間、季節終了、過完。可根據前後文適當地譯成中文。

●日《ひ》が暮《く》れる。

／天黑了。

●春《はる》が暮《く》れる。

／春天快結束了。

●年《とし》が暮《く》れる。

／快過年了。

●今年《ことし》も暮《く》れゆく。

／今年也快過完了。

● 暮《く》れゆく年《とし》の瀬《せ》。
／年關將至。

● 紅葉《もみじ》とともに秋《あき》も暮《く》れる。
／秋天隨著紅葉凋零而接近尾聲。

2 用Ⓑに暮《く》れる句型，講人的精神狀態。表示由於某種原因，精神陷入沈痛、走投無路的狀態。可根據前後又適當地譯成中文。

● 思案《しあん》に暮《く》れる。
／想不出主意來。

● 母《はは》が亡《な》くなって千恵子《ちえこ》は毎日《まいにち》涙《なみだ》に暮《く》れている。
／千恵子的母親去世了，她每天以淚洗面。

● 山《やま》の中《なか》で道《みち》を失《うしな》って途方《とほう》に暮《く》れた。
／在山裡迷了路，不知如何是好了。

② くらす（暮《く》らす）（他、五）

形式上是與自動詞暮《く》れる相對應的自動詞，但較少對應使用，即使相互對應，意思也是不同的。例如：

●日《ひ》が暮《く》れる。

／天黑。

●日《ひ》を暮《く》らす。

／度過一天。

「過日子」有一日《いちにち》を暮《く》らす與毎日《まいにち》を暮《く》らす等用法。

●一日《いちにち》何《なに》もしないで暮《く》らしてしまった。

／一天什麼也沒有做就過去了。

●病院《びょういん》では何《なに》もすることがないので、毎日《まいにち》静《しず》かに寝《ね》て暮《く》らしています。

／在醫院裡沒有什麼事可做，每天安安靜靜的躺著過日子。

也適用於月日、歲月等較長的時間。

●夏休《なつやす》みを海岸《かいがん》で暮《く》らした。

／在海邊度過了暑假。

引申表示生活時暮《く》れる沒有與它相對應的用法。

● 一《いっ》ヵ月《げつ》で二三万円《にさんまんえん》ではとても**暮《く》らせません**。

／一個月兩三萬日幣是生活不下去的。

● 都会《とかい》より田舎《いなか》の方《ほう》が**暮《く》らし**やすい。

／比起都市鄉下比較容易生活。

◎こ

31 こえる、こす

1 こえる（越《こ》える）（自、下一）

它雖是自動詞，但可以用～を越《こ》える，表示越過某一地點、程度等。

1 用Ⓑを越《こ》える句型，表示越過某一場所、地點或越過某種東西Ⓑ。

● 山《やま》・川《かわ》・海《うみ》・峠《とうげ》を越《こ》える。
／越過山・渡河・渡海・越過山頂。

● 国境《こっきょう》・境界線《きょうかいせん》を越《こ》える。
／越過國境・界線。

● この山《やま》を越《こ》えたところに温泉《おんせん》があります。
／過了這座山有個溫泉。

● この前《まえ》の川《かわ》を越《こ》えると、小《ち》さい村《むら》があります。
／過了前面的河，有個小村莊。

●丘《おか》を越《こ》えていこう。
／一起越過這個山丘吧！

●とうとう峠《とうげ》を越《こ》えた。
／總算越過了山頂。

●彼《かれ》は走《はし》り高跳《たかと》びで二《に》メートルのバーを越《こ》えた。
／他跳高越過了兩公尺的橫竿。

引申於抽象比喻，表示越過某種障礙。

●障害《しょうがい》を越《こ》える。
／越過了障礙。

●難関《なんかん》を越《こ》える。
／度過了難關。

2用©を越《こ》える句型，表示變化的東西，超過某種程度、數字©。

●年《とし》も六〇《ろくじゅう》を越《こ》えたから、若《わか》い人《ひと》のようには働《はたら》けません。
／年過六十不能像年輕人那樣工作了。

●今度《こんど》の試験《しけん》でどの学科《がっか》も八十点《はちじゅうてん》を越《こ》えた。

／這次考試，每一科都超過八十分。

● 今日《きょう》の気温《きおん》はもう三十度《さんじゅうど》を越《こ》えたそうだ。

／據說今天的氣溫已經超過了三十度。

● 参加希望者《さんかきぼうしゃ》の数《かず》は百人《ひゃくにん》を越《こ》えた。

／有意願參加的人已破百。

② こす（越《こ》す）（他、五）

它是與自動詞越《こ》える相對應的自動詞。

1 與越《こ》える 1-1 的用法相對應，用Ⓑを越《こ》す句型，表示越過某一地點、場所或某種東西Ⓑ。

● 山《やま》・川《かわ》・海《うみ》・峠《とうげ》を越《こ》す。

／越過山・河・海・山頂。

● 国境《こっきょう》・境界線《きょうかいせん》を越《こ》す。

／越過國境・界線。

● この山《やま》を越《こ》すと、小《ちい》さい村《むら》があります。

／過了那座山，有一座小村莊。

● 飛行機《ひこうき》は一時間《いちじかん》掛《が》かりでやっと沙漠《さばく》の上《うえ》を越《こ》した。

／飛機飛了一個小時，好不容易飛過了沙漠上空。

2與越《こ》える1-2的用法相對應，用Ⓒを越《こ》す句型，表示超過某一數字、程度Ⓒ。

● 六十歳《ろくじゅうさい》を越《こ》した老人《ろうじん》だから、とてもそんなに遠《とお》くまで歩《ある》いていかれない。

／已經是年過六十的老人了，所以走不了那麼遠的。

● 集《あつ》まった人《ひと》は二千人《にせんにん》も越《こ》したという。

／據說聚集了超過兩千人。

● 彼《かれ》はとうとう先頭《せんとう》ランナーを越《こ》してトップに立《た》った。

／他終於超過了跑在前面的人，獲得了第一。

3用Ⓓを越《こ》す句型，表示度過某一時間Ⓓ。越《こ》える沒有這個用法。

● 長《なが》い冬《ふゆ》を越《こ》さなければ、春《はる》は来《き》ません。

／如果不度過漫長的冬天，春天是不會到來的。

由於越《こ》える沒有這個用法，所以下面的說法是不通的。

×冬《ふゆ》を越《こ》える（○冬《ふゆ》を越《こ》す）と春《はる》になります。

4 Ⓔへ（に）越《こ》す句型，與Eへ（に）引《ひ》っ越《こ》す意思相同，表示移動、搬家。越《こ》える

沒有此用法。

● あの方《かた》は去年《きょねん》高雄《たかお》へ越《こ》していった。
／那個人去年搬到高雄去了。

● 田中先生《たなかせんせい》は新宿《しんじゅく》から中野《なかの》へお引《ひ》っ越《こ》しになりました。
／田中老師從新宿搬到中野去了。

32 ころがる、ころげる、ころぶ、ころがす、ころばす

五個詞的漢字都寫作転字，其中転《ころ》がる、転《ころ》げる、転《ころ》ぶ都是自動詞；転《ころ》がす、転《ころ》ばす是他動詞，它們對應關係複雜，適用的場合不同。

1 ころがる（転《ころ》がる）（自、五）

1 表示球狀、筒狀、細長的東西（包括人）滾、滾動。

● ボールが手《て》から外《は》ずれて向《む》こうへと転《ころ》がっていた。
／球從手上掉下來，滾到那邊去了。

● 鉛筆《えんぴつ》がつくえの上《うえ》から転《ころ》がって落《お》ちた。
／鉛筆從桌子上滾落了。

●寝台《しんだい》から転《ころ》がって落《お》ちた。

／從床鋪上滾下來了。

2表示立著的東西倒下、摔倒。

●コップが転《ころ》がって割《わ》ってしまった。

／杯子倒了，摔破了。

●石《いし》につまずいて転《ころ》がった。

／絆到石頭摔倒了。

3表示某種東西在某處扔著、滾著。

●道《みち》には石塊《いしころ》が転《ころ》がっている。

／道路上散佈著滾滾碎石。

②ころげる（転《ころ》げる）（自、下一）

與転《ころ》がる1-1 1-2的用法相同，1-1 1-2例句中的転《ころ》がる都可以換用転《ころ》げる，但它沒有転《ころ》がる1-3表示扔著、滾著的用法，因此下面的句子是不通的。

×道《みち》には石塊《いしころ》が転《ころ》げている。

③ころぶ（転《ころ》ぶ）（自、五）

1 基本含意表示立著的東西（包括人）倒、倒下、摔倒。

● 石《いし》につまずいて転《ころ》んだ。

／絆到石頭摔倒了。

● 転《ころ》ばないように気《き》をつけなさい。

／請小心不要摔倒了。

● 自転車《じてんしゃ》で転《ころ》んで足《あし》にけがをした。

／騎腳踏車跌倒腳受了傷。

2 表示球狀的東西在滾動、滾。

● 毬《まり》が転《ころ》ぶ。

／球兒滾來滾去。

● 二階《にかい》から下《した》に転《ころ》び落《お》ちた。

／從二樓滾落到樓下去了。

④ころがす（転《ころ》がす）（他、五）

它是與自動詞転《ころ》がる、転《ころ》げる相對應的他動詞。

1與転《ころ》がる1-1、転《ころ》げる的用法相對應，表示使球狀、筒狀、細長的東西滾、滾動。

● ボールを転《ころ》がす。

／滾球。

● 石《いし》を山《やま》の頂《いただ》きから転《ころ》がして落《お》とす。

／把石頭從山頂上滾下去。

● ビールの樽《たる》を転《ころ》がして運《はこ》ぶ。

／用滾的方式搬運啤酒桶。

2與転《ころ》がる1-2的用法相對應，表示弄倒、碰倒立著的東西。

● コップを転《ころ》がして割《わ》ってしまった。

／把杯子碰倒弄碎了。

● 足《あし》を払《はら》って相手《あいて》を転《ころ》がした。

／腿一掃，把對方絆倒了。

3與転《ころ》がる1-3的用法相對應，表示某種東西零散地扔著、滾著。

●部屋《へや》の中《なか》にはいろいろの飲物《のみもの》の空《あ》き瓶《びん》や空《あ》き罐《かん》が転《ころ》がしてある。

／房間裡扔著許多飲料的空瓶或空罐。

5 ころばす（転《ころ》ばす）（他、五）

它是與自動詞転《ころ》ぶ相對應的他動詞，是由転《ころ》ぶ後接せる構成転《ころ》ばせる變化而來的，含有使…的意思。

1與転《ころ》ぶ3-1的用法相對應，表示使…摔倒。

●後《うし》ろから足《あし》を払《はら》って相手《あいて》を転《ころ》ばした。

／從後面掃腿，把對方摔倒了。

●自転車《じてんしゃ》で転《ころ》ばして足《あし》にけがをした。

／騎腳踏車摔倒了，腳受了傷。

2與転《ころ》ぶ2-3的用法相對應，表示使球狀的東西滾動、滾。

●ビールの樽《たる》を転《ころ》ばして運《はこ》びなさい。

／用滾的方式搬啤酒桶。

從以上說明可以知道，幾個單字的對應關係大致如下：

転《ころ》がる（自）　コップが～た。
転《ころ》げる（自）　コップが～た。
転《ころ》ぶ（自）　彼《かれ》は～だ。
転《ころ》がす（他）　コップを～た。
転《ころ》ばす（他）　彼《かれ》は～だ。

對應　對應　對應

33 こわす、こわれる

1 こわす（壊《こわ》す）（他、五）

1表示把某種東西搞壞、弄壞、破壞。

● コップを床《ゆか》に落《お》として壊《こわ》した。

／杯子掉到地板上摔破了。

● かぎを壊《こわ》さないと部屋《へや》に入《はい》れない。

／不把鑰匙弄壞，進不了房間。

●ちょっと不注意《ふちゅうい》でラジオを壊《こわ》した。
／稍一不注意，就把收音機弄壞了。
●そんなことをすると計画《けいかく》を壊《こわ》すぞ。
／那麼做會破壞計畫的。

2表示把大鈔找開，即換零錢。

●この一万円札《いちまんえんさつ》を壊《こわ》してください。
／請把這一萬日元找開。

3表示搞壞身體或身體的某一部分。

●体《からだ》を壊《こわ》しますから、無理《むり》をしないでください。
／會搞壞身體的，不要勉強！
●食《た》べすぎて腹《はら》を壊《こわ》した。
／吃太多把腸胃弄壞了。

②こわれる（壊《こわ》れる）（自、下一）

它是與他動詞壊《こわ》す相對應的自動詞。

1 與壊《こわ》す1-1的用法相對應，表示某種東西壊了。

● コップが床《ゆか》に落《お》ちて壊《こわ》れた。
／玻璃杯掉在地上壞了。

● どういうわけか知《し》らないが、ラジオが壊《こわ》れた。
／不知道什麼原因，收音機壞了。

● かぎが壊《こわ》れたから、部屋《へや》に入《はい》れない。
／鎖壞了，進不了房間。

● せっかくの計画《けいかく》が壊《こわ》れた。
／辛辛苦苦的計畫被破壞了。

2 與他動詞壊《こわ》す1-2的用法相對應，表示大鈔換成了零錢。即把錢找開。

● 小銭《こぜに》がなくて、壊《こわ》れません。
／沒有零錢找不開。

它沒有與壊《こわ》す1-3相對應的用法，因此下面的說法是不通的。

×体《からだ》が壊《こわ》れますから、無理《むり》をしないでください。

×どういうわけか腹《はら》が壊《こわ》れた。

◎さ

34 さく（裂《さ》く）、さける（裂《さ》ける）

[1] さく（裂《さ》く）（他、五）

1 表示用力將紙、布之類薄薄的東西撕開。

● 彼《かれ》は怒《おこ》って手紙《てがみ》をずたずたに裂《さ》いてしまった。

／他生氣得把信撕得粉碎。

● 着物《きもの》を釘《くぎ》にひっかけて裂《さ》いた。

／衣服掛在釘子上撕壞了。

● 手《て》にけがをしたので、ハンカチを裂《さ》いてけがの手当《てあて》をした。

／手受了傷，把手帕撕開處理傷口。

● するめを裂《さ》いて食《た》べた。

／把魷魚乾撕著吃。

2表示將雙方的關係搞壞。相當於使分裂、破壞。

● 兄弟《きょうだい》の関係《かんけい》を裂《さ》く。

／破壞兄弟之間的關係。

● 私《わたし》は二人《ふたり》の関係《かんけい》を裂《さ》くようなことはしません。

／我不做破壞兩人關係的事。

3表示預定做某種用途的金錢、時間、東西挪做他用，這時多不寫漢字。相當於中文的分出、匀出。

● 小遣《こづか》いをさいて本《ほん》を買《か》った。

／挪出零用錢買書。

● 時間《じかん》をさいて彼《かれ》と一時間《いちじかん》も話《はなし》をした。

／挪出了時間，和他談了一小時。

● 父《ちち》は子供《こども》に土地《とち》をさいてあたえた。

／父親把土地分給孩子。

2 さける（裂《さ》ける）（自、下一）

它是與他動詞裂《さ》く1-1相對應的自動詞，表示由於強大的力量，使某些薄的東西、粗的東西被撕開、裂開。

●消《け》しゴムで字《じ》を消《け》したら、紙《かみ》がビリビリっと裂《さ》けてしまった。

／用橡皮擦擦字，把紙擦破了。

●着物《きもの》のすそを釘《くぎ》にひっかけたら、裂《さ》けてしまう。

／和服的下襬如果掛在釘子上會被勾壞。

●着物《きもの》の縫《ぬ》い目《め》が裂《さ》けた。

／衣服的縫縫裂開了。

●口《くち》が裂《さ》けても言《い》わない。

／撕了我的嘴也不講。

●落雷《らくらい》で大木《だいぼく》が真《ま》っ二《ぷた》つに裂《さ》けた。

／遭到雷擊，大樹裂成兩半。

它沒有與自動詞裂《さ》く1-2 1-3相對應的用法，因此下面的說法是不通的。

×二人《ふたり》の仲《なか》が裂《さ》けた。

×小遣《こづか》いが裂《さ》けて本《ほん》を買《か》った。

35 さげる、さがる

1 さげる（下《さ》げる）（他、五）

1 表示將某種東西從高處放下、放低。

● 頭《あたま》を下《さ》げてお辞儀《じぎ》をした。
／低頭行禮。

● 電燈《でんとう》を少《すこ》し下《した》に下《さ》げないと見《み》えない。
／不把燈放低一點是看不見的。

● みんなは手《て》を上《あ》げたり下《さ》げたりして体操《たいそう》をしている。
／大家手一會舉起一會放下得做體操。

引申用於抽象比喻，表示降下、降低。

● 値段《ねだん》を下《さ》げる。
／降低價格。

● 温度《おんど》を下《さ》げる。
／降低溫度。

● 家賃《やちん》を下《さ》げる。
／降低房租。

● 解熱剤《げねつざい》で熱《ねつ》を下《さ》げる。
／用退燒藥退燒。

2 表示將某種東西掛、吊在某處。

● 入《い》り口《ぐち》に名前《なまえ》を書《か》いた札《ふだ》が下《さ》げてある。
／在入口處掛著一個名牌。

● 軒《のき》に釣燈籠《つりどうろう》を下《さ》げる。
／在屋簷下掛燈籠。

● ピストルを腰《こし》に下《さ》げる。
／把手槍掛在腰上。

3 表示將某種東西向後推、往後挪，或者撤下。

● 椅子《いす》を後《うしろ》へ下《さ》げてください。
／請把椅子往後挪。

● 道《みち》を広《ひろ》げるから、建物《たてもの》を少《すこ》し下《さ》げなければならない。

／拓寬道路必須把建築物向後推。

● 食事《しょくじ》をすんだらすぐお膳《ぜん》を下《さ》げます。

／吃完飯立刻收掉餐盤。

2 さがる（下《さ》がる）（自、五）

它是與他動詞下《さ》げる相對應的自動詞，

1 與下《さ》げる1-1的用法相對應，表示某種東西向下垂著、放著。

● 彼《かれ》の話《はなし》を聞《き》いてみんなは頭《あたま》が下《さ》がった。

／聽了他說的話，大家都很欽佩。

● 天井《てんじょう》から電燈《でんとう》が下《さ》がっている。

／電燈從天花板垂下來。

最後一句的用法引申用於抽象比喻，表示降低、下降。

● 米《こめ》の値段《ねだん》が下《さ》がった。

／米價下跌了。

● 紙幣《しへい》の値打《ねう》ちがずっと下《さ》がった。

／紙鈔的價值下跌了許多。

●二月《がつ》になれば、気温《きおん》はもっと下《さ》がる。
／到了二月氣溫會降得更低。
●解熱剤《げねつざい》を飲《の》んだから熱《ねつ》が下《さ》がった。
／吃了退燒藥，所以退燒了。

2與下《さ》げる1-2的用法相對應，表示掛著、垂著。

●店《みせ》の入《い》り口《ぐち》には「本日休業《ほんじつきゅうぎょう》」という札《ふだ》が下《さ》がっている。
／在店門口，掛著一個「今天停業」的牌子。
●軒《のき》には釣燈籠《つりどうろう》が下《さ》がっている。
／在屋簷下掛著一個燈籠。
●腰《こし》にはピストルが下《さ》がっている。
／腰上掛著個手槍。

雖然與下《さ》げる1-2用法對應，但不是有意識作出的狀態時，只能用下《さ》がる，而不能用下《さ》げる。如：

●軒下《のきした》につららが下《さ》がっている。／在屋簷下掛著冰柱。

3與下《さ》げる1-3的用法相對應，表示向後挪、向後退。

● 一歩《いっぽ》下《さ》がってください。

／請往後退一步。

● 電車《でんしゃ》が来《き》たので、危《あぶ》ないと思《おも》って後《うしろ》へ下《さ》がった。

／電車來了，我覺得很危險便往後退了退。

36 さずける、さずかる

兩個詞雖也是相對應的自他動詞，但它們與一般自他動詞的關係稍有不同。

1 さずける（授《さず》ける）（他、下一）

一般用Ⓐは Ⓑに Ⓒを授《さず》ける句型，表示某人Ⓐ將某種東西Ⓒ授予Ⓑ。這時Ⓐ一般是地位高於Ⓑ的。相當於中文的授予、發給、傳授等。

● 校長先生《こうちょうせんせい》は野村《のむら》に優等賞《ゆうとうしょう》を授《さず》けた。

／校長頒給野村優等獎。

● お医者《いしゃ》さんの王先生《おうせんせい》は秘伝《ひでん》を弟子《でし》に授《さず》けた。

／王醫生把秘方傳給了徒弟。

● 試合《しあい》の前夜《ぜんや》、監督《かんとく》が秘策《ひさく》を授《さず》けた。
／在比賽前晚，教練傳授了秘密戰術。

2 さずかる（授《さず》かる）（自、下一）

有的學者認為它是自動詞，但本書採用佐久間鼎教授的說法，認為它是與他動詞授《さず》ける相對應的自動詞。本書採用了佐久間教授的說法，但雖說自動詞可以用～を授《さず》かる，構成Ⓑは Ⓐから Ⓒを授《さず》かる或Ⓒは Ⓑが授《さず》かる句型，表示某人Ⓑ從Ⓐ那裡接受了某種東西Ⓒ，Ⓑ的地位一般是低於Ⓐ的。相當於國語的領、領受、領到、得。

● 田中《たなか》さんは校長先生《こうちょうせんせい》から褒美《ほうび》を授《さず》かった。
／田中從校長那裡領到了獎品。

● 弟子《でし》は先生《せんせい》から秘伝《ひでん》を授《さず》かった。
／徒弟從師傅那裡學得了秘方。

● 祈願《きがん》の甲斐《かい》があって、神《かみ》から子供《こども》を授《さず》かった。
／祈禱應驗神賜予了孩子。

37 さめる（冷《さ》める）、さます（冷《さ》ます）

① さめる（冷《さ》める）（自、下一）

1表示熱的東西（多是液體的、個別是固體的）變涼、變冷。

● お湯《ゆ》・お茶《ちゃ》・スープ・ごはんが冷《き》めた。

／開水・茶・湯・飯涼了。

● お風呂《ふろ》が冷《さ》めないうちに入《はい》りなさい。

／趁洗澡水還沒有涼，進去洗吧！

● ごはんが冷《さ》めたらもうおいしくありません。

／飯涼了就不好吃了。

● 鉄《てつ》は冷《さ》めないうちに打《う》て。

／打鐵要趁熱。

2用於抽象比喻，表示某種興趣、感情等變得淡薄。可根據前後文適當翻譯。

● 競馬熱《けいばねつ》が冷《さ》めた。
／賽馬風潮降溫了。
● 二人《ふたり》の愛情《あいじょう》は少《すこ》し冷《さ》めた。
／兩人的愛情有點降溫了。

2 さます（冷《さ》ます）（他、五）

它是與自動詞冷《さ》める相對應的他動詞，含有使…的意思。

1 與自動詞冷《さ》める1-1的用法相對應，表示使某種熱的東西（多是液體的，個別是固體的）變涼、變冷。相當於中文的放涼、冷卻。

● お湯《ゆ》・お茶《ちゃ》・スープ・ごはんを冷《さ》ます。
／把開水・茶水・湯・飯放涼。
● あついスープを口《くち》で吹《ふ》いて冷《さ》ます。
／用嘴把熱湯吹涼。
● あついお茶《ちゃ》だから、少《すこ》し冷《さ》ましてからお飲《の》みなさい。
／把熱茶放涼一會兒再喝。

● 鉄《てつ》を加熱《かねつ》したのち、ゆっくり冷《さ》ます。

／鐵加熱後又慢慢地冷卻下來。

2 與自動詞冷《さ》める1-2的用法相對應，也用於抽象比喻，表示使某種興趣、感情變得淡薄、下降。

● 彼女《かのじょ》はもともとそんな女《おんな》なんだ。君《きみ》も少《すこ》し熱《ねつ》を冷《さ》ましたほうがいい。

／她本來就是那種的女人，你的熱情也該降下來了。

● 子供《こども》の泣《な》き声《ごえ》で、せっかくの音楽《おんがく》にも興《きょう》を冷《さ》ましてしまった。

／因為孩子的哭聲，使得聽音樂難得的好興緻都被打壞了。

◎し

38 しずむ、しずめる

[1] しずむ（沈《しず》む）（自、五）

1 作為浮《う》く、浮《う》かべる的反義詞來用，表示某種東西下沉。

● 石《いし》は水《みず》に**沈**《しず》むが、木《き》は**沈**《しず》**まない**。
／石頭會沉入水裡，木頭則不會。

● 船《ふね》は魚雷《ぎょらい》にやられて**沈**《しず》**んだ**。
／船遭到魚雷擊沉了。

● 死体《したい》が河底《かわぞこ》に**沈**《しず》**んで**いた。
／屍體沉到水底下了。

也可以用來表示太陽下山、月亮西沉。

● 太陽《たいよう》が山《やま》に**沈**《しず》**んだ**。
／太陽下山了。

● 月《つき》が**沈《しず》んだ**。
／月亮西沉了。

引申用於抽象比喻，表示沉到下層。

● そのことがあってから、彼は悲惨《ひさん》のどんぞこに**沈《しず》んだ**。
／那件事情發生了以後，他陷入了悲慘的深淵。

2表示由於一些擔心的事情，而陷入了憂鬱、**消沈。**

● 千恵《ちえ》ちゃんはお母《かあ》さんに死《し》なれて、悲《かな》しみに**沈《しず》んで**いる。
／千惠子的母親去世了以後她因悲傷而消沈。

● 私《わたし》はその話《はなし》を聞《き》いて**沈《しず》んだ**気持《きも》ちになった。
／我知道那件事後，感到很悲傷。

● どうしたことか知《し》らないが、彼《かれ》は**沈《しず》んだ**顔《かお》で帰《かえ》ってきた。
／不知道什麼緣故，他沉著一張臉回來了。

②しずめる（沈《しず》める）（他、下一）

它是與自動詞沈《しず》む1-1的用法相對應的動詞，表示使…沉下去。

●木《き》を水《みず》の中《なか》に沈《しず》めることができません。
／木頭不會沉到水裡去。
●その海戦《かいせん》で敵《てき》の航空母艦《こうくうぼかん》を沈《しず》めた。
／在那場海上戰役中，擊沉了敵人的航空母艦。
●その海戦《かいせん》で多《おお》くの水兵《すいへい》は死体《したい》を海底《かいてい》に沈《しず》めた。
／在那場海上戰役中，許多士兵屍沈海底。
引申用於抽象比喻，用身《み》を沈《しず》める，表示落魄、淪落。
●苦界《くかい》に身《み》を沈《しず》めた。
／淪落風塵。
●彼女《かのじょ》はとうとう浮《う》き川竹《かわたけ》に身《み》を沈《しず》めた。
／她終究淪落為娼。
它沒有與沈《しず》む1-2的用法相對應的用法，因此下面的說法是不通的。
×悲《かな》しみに沈《しず》める（○悲《かな》しみに沈《しず》む）
×沈《しず》めた気持《きも》ち（○沈《しず》んだ気持《きも》ち）

39 しる、しれる

1 しる（知《し》る）（他、五）

基本含意表示知道。

- 先生《せんせい》はもうそれを知《し》っている。

／老師已經知道那件事了。

- それはもう新聞《しんぶん》に出《で》たので、みな知《し》っている。

／那件事已經上報了，大家都知道。

- 誰《だれ》も彼《かれ》の死因《しいん》を知《し》らない。

／誰也不清楚他的死因。

- 若《わか》いといっても、ものの善《よ》し悪《あ》しを知《し》っている。

／雖然年輕，但也有判斷是非的能力。

- 酒《さけ》を飲《の》んで酔《よ》っていたので昨夜《ゆうべ》のことは何《なに》も知《し》らない。

／喝醉了，完全不記得昨晚發生了什麼事。

2 しれる（知《し》れる）（自、下一）

它是與知《し》る相對應的自動詞，含有知《し》られる（被動或可能）的意思。相當於中文的被人知道、讓人知道或會知道、可以知道等。

● 先生《せんせい》に**知《し》れる**とまずい。

／讓老師知道就不好了。

● 人《ひと》に**知《し》れる**と困《こま》る。

／讓人知道了就慘了。

● それはもう新聞《しんぶん》に出《で》たので世間《せけん》に**知《し》れている**。

／那件事上報了，大家都知道。

● 死因《しいん》はまだ**知《し》れて**いない。

／死因還不得而知。

● 彼《かれ》は世界《せかい》に名《な》を**知《し》れた**人だ。

／他是個世界名人。

● 失敗《しっぱい》するのは**知《し》れた**ことだ。

／失敗是可想而知的。

● どうなるか**知《し》れない**。

／究竟怎樣就不得而知了。

◎す

40 すむ、すます

[1] すむ（済《す》む）（自、五）

1表示某種事情、活動完了。

●やっと試験《しけん》が**済《す》んだ**。

／好不容易考完了。

●三時《さんじ》に授業《じゅぎょう》が**済《す》む**から、そのときまで待《ま》ってください。

／三點放學，在那之前請耐心等候。

●手術《しゅじゅつ》がまだ**済《す》まない**。

／手術還沒結束。

●二《に》百《ひゃく》十日《とおか》もことなく**済《す》んだ**。

／立春算起的第二百一十天（約在九月一日左右，常有颱風）也平安地過去了。

2用～なくて(も)済《す》む或～ないで(～ずに)済《す》む句型，表示不…也可以、不…也過得去。

●今《いま》は忙《いそが》しくないから女中《じょちゅう》はいなくても済《す》む。

／現在不忙，女傭不在也沒關係。

●古《ふる》いのがあるから、買《か》わなくても済《す》んだ。

／還有舊的可用，不買也可以。

●この分《ぶん》なら手術《しゅじゅつ》しないで済《す》むそうだ。

／看這種情形，不動手術應該也可以。

●秋《あき》といっても暖《あたた》かいから、上着《うわぎ》を着《ぎ》らなくても済《す》む。

／雖說是秋天，但天氣很暖和，不穿外套也可以。

3用すまない、すみません，表示對不起。

●約束《やくそく》の時間《じかん》に遅《おく》れて誠《まこと》にすみません。

／沒有趕上約定的時間非常抱歉。

●すみませんが、ついでにこの手紙《てがみ》をだしてください。

／對不起！請順便把這封信也寄出去。

2 すます（済《す》ます）（他、五）

它是由済《す》む後接せる構成的済《す》ませる變化而來的，是與済《す》む相對應的他動詞，含有使…的意思。

1與自動詞済《す》む 1-1 的用法相對應，表示把某種事情、活動做完、結束。

● 試験《しけん》を済《す》ましてから、ハイキングに行《い》きましょう。

／考完以後去郊遊吧！

● 部屋《へや》の掃除《そうじ》はもう済《す》ました。

／房間已經打掃完了。

● 宿題《しゅくだい》なんか早《はや》いとこ済《す》ましなさい。

／快點把作業做完。

● 今月《こんげつ》の下宿代《げしゅくだい》の支払《しはら》いはもう済《す》ました。

／這個月的住宿費已經繳了。

2與済《す》む 1-2 的用法相對應，一般用～で済《す》ます句型，表示…就可以了。

● 節約《せつやく》して五千円《ごせんえん》で済《す》ました。

／省了一點，五千日元就搞定了。

●ほしい本《ほん》が見《み》つからない、この本《ほん》で済《す》ますことにしましょう。

／我要找的書沒找到，就用這本代替吧。

●昼《ひる》ごはんはパンで済《す》ました。

／午餐吃麵包打發了。

它沒有與済《す》む 1-3 相對應的用法，即不能用來表示對不起。

◎そ

41 そだてる、そだつ

1 そだてる（育《そだ》てる）（他、下一）

動作對象是人時，表示養育、教育子女或學生等；動作對象是其他動植物時，表示培育某種品種。相當於國語的養、養育、教養、培育等。

- この子《こ》はミルクで育《そだ》ててきたのだ。
／這個孩子是喝牛奶長大的。
- 親《おや》は子供《こども》を育《そだ》てる義務《ぎむ》がある。
／父母有養育孩子的義務。
- 先生《せんせい》の仕事《しごと》は生徒《せいと》を役《やく》に立《た》つ人間《にんげん》に育《そだ》てることだ。
／老師的工作就是培養學生成為有用的人。
- 美術学院《びじゅつがくいん》で彼《かれ》の美術《びじゅつ》の才能《さいのう》が育《そだ》てられた。

／在美術學院培養起他的美術才能。

● おじいさんは今《いま》リンゴの新《あたら》しい品種《ひんしゅ》を育《そだ》てている。

／爺爺正在培育新品種的蘋果。

②そだつ（育《そだ》つ）（自、五）

它是與自動詞育《そだ》てる相對應的自動詞，含有自然生長起來的意思，表示人或其他動物、植物成長起來。相當於國語的長、生長、成長。

● 私《わたし》は田舎《いなか》で生まれ、田舎《いなか》で育《そだ》ったのです。

／我生在鄉下，長在鄉下。

● 彼《かれ》の音楽《おんがく》の才能《さいのう》はすくすくと育《そだ》った。

／他的音樂才能很快地培養了起來。

● この植物《しょくぶつ》は日本《にほん》では育《そだ》たないらしい。

／這種植物是無法在日本生長的。

42 そなえる、そなわる

①そなえる（備《そな》える）（他、下一）

1表示配有某種用具、配備。

● ホテルの部屋《へや》には電話《でんわ》が備《そな》えてある。

／旅館的房間裡配有電話。

● 教室《きょうしつ》にレシーバーを備《そな》えたほうがいい。

／教室裡還是配有耳機的設備比較好。

● この本《ほん》は日本語《にほんご》を勉強《べんきょう》する学生《がくせい》なら、誰《だれ》でも備《そな》えておくべきです。

／只要是學習日語的學生，都應該要有這本書的。

2引申用於人，表示人具有某種才能、性質。

● 彼《かれ》には商才《しょうさい》を備《そな》えている。

／他具有商業頭腦。

● 音楽《おんがく》の才能《さいのう》を備《そな》えていなければ、立派《りっぱ》な音楽家《おんがくか》にはなれない。

／沒有音樂細胞，無法成為出色的音樂家。

3表示事先對某種事情、某種情況作好準備、做好防備。

● 弟《おとうと》が大学《だいがく》の入学試験《にゅうがくしけん》に備《そな》えて勉強《べんきょう》している。

／弟弟用功讀書，準備應付大學的入學考試。

● 年末年始《ねんまつねんし》の混雑《こんざつ》に備《そな》えて列車《れっしゃ》を増発《ぞうはつ》する。

／為了歲末年終的混亂交通做準備而增開列車。

● 病気《びょうき》を備《そな》えてお金《かね》を少《すこ》しばかり貯《た》めている。

／為了以後的醫療做準備，多少存點錢。

② そなわる（備《そな》わる）（自、五）

它是與他動詞備《そな》える相對應的自動詞，含有備《そな》えられる（被動）的意思。

1 與備《そな》える1-1的用法相對應，表示備有、配備某種設備。

● 部屋《へや》には暖房装置《だんぼうそうち》が備《そな》わっている。

／房間裡備有暖氣。

● 教室《きょうしつ》にはレシーバーが備《そな》わっている。

／教室裡備有耳機。

● 設備《せつび》はまだ十分《じゅうぶん》に備《そな》わっていない。

／設備還沒有備齊。

2 與備《そな》える1-2的用法相對應，表示具備某種才能、性質。

● 彼《かれ》には文学《ぶんがく》の才能《さいのう》が備《そな》わっている。
／他頗具文才。
但它沒有備《そな》える1-3的用法，因此下面的說法是不通的。
×試験《しけん》に備《そな》わって勉強《べんきょう》している。

43 そめる、そまる

1 そめる（染《そ》める）（他、下一）

1用Ⓑを©に染《そ》める句型，表示將某種東西Ⓑ染成©這一顏色。相當於中文的染色、上色、塗色。

● この布《ぬの》を青《あお》に染《そ》めなさい。
／請把這個布染成藍色。
● 彼女《かのじょ》は爪《つめ》をピンク色《いろ》に染《そ》めた。
／她把指甲染成了粉紅色。

● 彼女《かのじょ》は毎週《まいしゅう》白《しろ》くなった髪《かみ》を黒《くろ》く染《そ》めるそうだ。

／據說她每週都把變白的頭髮染黑。

2用於抽象比喻頬《ほほ》を染《そ》める**，表示**羞紅了臉**。**

● 恥《は》ずかしくて**頬《ほほ》を染《そ》めた**。

／羞得滿臉通紅。

● **頬《ほほ》を染《そ》めて**うつむいた。

／滿臉通紅，低下了頭。

②そまる（染《そ》まる）（自、五）

它是與他動詞染《そ》める相對應的自動詞，含有染《そ》められる（可能）的意思。

1用Ⓑは©に染《そ》まる句型，與染《そ》める1-1相對應，表示某種東西Ⓑ可以染成©。相當於國語的染上色、塗上色、上色**。**

● この布《ぬの》は綺麗《きれい》に**染《そ》まります**。

／這塊布染得很好。

● 髪《かみ》の毛《け》が白《しろ》くても、黒《くろ》く**染《そ》まります**。

／即使頭髮白了，也可以染黑。

2 用Ⓐは Ⓓに染《そ》まる句型，表示某人Ⓐ染上、沾染上某種惡習Ⓓ。他動詞染《そ》める沒有這種用法。

● 悪《わる》い思想《しそう》に染《そ》まった。

／沾染上了不好的思想。

● そんなことをすると、必《かなら》ず悪習《あくしゅう》に染《そ》まります。

／那麼做一定會染上壞習慣。

由於它不是某人有意識地沾染上的，因此下面的說法是不通的。

×彼《かれ》は悪習《あくしゅう》に染《そ》めた。

另外，它沒有與染《そ》める1-2相對應的用法，因此不能用頬《ほほ》が染《そ》まる。

×恥《は》ずかしくて頬《ほほ》が染《そ》めた。

44 そろえる、そろう

1 そろえる（揃《そろ》える）（他、下一）

1表示將許多不夠整齊的東西弄齊，使其一致。可根據前後關係適當地譯成中文。

● 床屋《とこや》さんは髪《かみ》の毛《け》の長《なが》さを揃《そろ》え切《き》ってくれた。

／理髮師傅把我的頭髮給剪齊了。

● 兵隊《へいたい》たちは足《あし》を揃《そろ》えて歩《ある》いている。

／士兵們邁著整齊的腳伐走著。

● みんなは声《こえ》を揃《そろ》えて歌《うた》をうたっている。

／大家齊聲唱著歌。

2表示將必要的東西、人湊齊、備齊。

● 引《ひ》っ越《こ》してから家具《かぐ》を揃《そろ》えるつもりです。

／我打算搬家以後，把家具買齊。

● 私《わたし》は日本《にほん》へ来《く》る前《まえ》に、夏服《なつふく》ばかりでなく、冬服《ふゆふく》も揃《そろ》えた。

／我來日本之前，不僅夏服，連冬衣也準備了。

● この仕事《しごと》をするには十人《じゅうにん》ぐらい揃《そろ》えなければならない。

／要做這工作，必須湊齊十個人。

3表示將成雙成對的東西（如鞋子、手套、筷子）擺齊、湊齊。

● お客《きゃく》さんの靴《くつ》を揃《そろ》えなさい。
／把客人的鞋子補齊。

● 箸《はし》を揃《そろ》えなさい。
／把筷子擺齊。

2 そろう（揃《そろ》う）（自、五）

它是與他動詞揃《そろ》える相對應的自動詞。

1 與揃《そろ》える 1-1 的用法相對應，表示許多不齊的東西變齊、齊。

● 下手《へた》な床屋《とこや》さんなので、髪《かみ》の毛《け》が揃《そろ》っていない。
／理髮師手藝不好，頭髮剪得長短不齊。

● 兵隊《へいたい》の歩《ある》く足《あし》がきれいに揃《そろ》っている。
／士兵們的步伐整齊一致。

● 歌声《うたごえ》が揃《そろ》っていない。
／歌聲不諧調。

2 與揃《そろ》える 1-2 的用法相對應，表示東西備齊、湊齊，或者人到齊。

● 家具《かぐ》は一応《いちおう》揃《そろ》った。

／傢俱大致都有了。

● 小学校《しょうがっこう》に入《はい》る子供《こども》の服《ふく》はまだ揃《そろ》っていない。

／還沒準備好孩子上小學穿的衣服。

● 人《ひと》が揃《そろ》ったから出《で》かけましょう。

／人到齊了，我們出發吧！

3與揃《そろ》える1-3的用法相對應，表示成雙成對的東西（如：鞋子、手套、筷子等）備齊、擺齊。

● 靴《くつ》が揃《そろ》っていないが、どうしたのだろう。

／鞋子少一隻，怎麼辦好？

● 箸《はし》がちゃんと揃《そろ》っている。

／筷子一雙雙擺得整整齊齊。

◉

た

45 たおす、たおれる

1 たおす（倒《たお》す）（他、五）

1表示將立著的東西弄倒、放倒。

● 危《あぶ》なく花瓶《かびん》を倒《たお》すところだった。
／差一點就把花瓶碰倒了。

● 私《わたし》は古《ふる》い家《いえ》を倒《たお》して新《あたら》しい家《いえ》を建《た》てるつもりだ。
／我打算拆掉舊房子，蓋一棟新的。

● 昨晩《さくばん》の台風《たいふう》は多《おお》くの木《き》を倒《たお》した。
／昨晚的颱風刮倒了許多樹。

2引申用於抽象比喩，表示使敵人、政權等垮台、崩潰。

● 辛亥革命《しんがいかくめい》が起《お》こってとうとう清《しん》の王朝《おうちょう》を倒《たお》した。

／辛亥革命爆發，終於推翻了滿清王朝。

3與踏《ふ》み倒《たお》す的意思相同，表示借錢不還。相當於國語的賴帳。

● 始《はじ》めから倒《たお》すつもりで、お金《かね》を借《か》りた。

／一開始借錢時就打算賴帳。

●（私《わたし》は）友《とも》だちに一万円《いちまんえん》ばかり倒《たお》された。

／我被朋友賴了近一萬日元的帳。

[2] たおれる（倒《たお》れる）（自、下一）

它是與倒《たお》す相對應的自動詞，含有倒《たお》される（被動）的意思。

1與他動詞倒《たお》す相對應，表示立著的東西倒、塌。

1-1 用法

● 花瓶《かびん》を倒《たお》れた。

／花瓶倒了。

● 地震《じしん》でたくさんの家《いえ》が倒《たお》れた。

／由於地震，許多房子倒了。

● 嵐《あらし》のために、多《おお》くの木《き》が倒《たお》れた。

／狂風暴雨許多樹都倒了。

2與他動詞倒《たお》す1-2用法相對應，用於抽象比喩，表示政權等垮台。

● 一九一一年《せんきゅうひゃくじゅういちねん》、清《しん》の王朝《おうちょう》が倒《たお》れた。

／一九一一年滿清王朝覆沒了。

3表示公司、企業等倒閉、人死亡。他動詞倒《たお》す沒有和它相對應的用法。

● 不景気《ふけいき》で多《おお》くの会社《かいしゃ》が倒《たお》れた。

／由於不景氣，許多公司倒閉了。

● 野村《のむら》さんは無理《むり》をしすぎてついに倒《たお》れた。

／野村由於過度勞累，最後病倒了。

由於倒《たお》す沒有此用法，因此下面的說法是不通的。

×不景気《ふけいき》は多《おお》くの会社《かいしゃ》を倒《たお》した。

46 たかめる、たかまる

1 たかめる（高《たか》める）（他、下一）

表示提高某種水準、程度等。

●標準《ひょうじゅん》・生活水準《せいかつすいじゅん》を高《たか》める。
／提高標準・生活水準。
●生産《せいさん》・文化《ぶんか》・教養《きょうよう》を高《たか》める。
／提高生產・文化・教養。

2 たかまる（高《たか》まる）（自、五）

它是與他動詞高《たか》める相對應的自動詞，含有高《たか》められる（被動、可能）的意思，表示客觀存在的水準、程度提高了。

●標準《ひょうじゅん》・生活水準《せいかつすいじゅん》が高《たか》まった。
／標準・生活水準提高了。
●生産《せいさん》・文化《ぶんか》・教養《きょうよう》が高《たか》まった。
／生產量・文化水準・教養提高了。

它還可以用於具體的客觀事物。例如：

●波《なみ》がだんだん高《たか》まってきた。
／海浪漸漸高漲了。

這句話是講客觀存在的，海浪漲潮是人們意志不能左右得了的。因此不好用高《たか》める。

×波《なみ》がだんだん高《たか》められた。

47 だす、でる

出《で》る與出《だ》す是相互對應的自他動詞，但它們與其他相互對應的自他動詞稍有不同：同一個漢字出字，自動詞時讀作で，他動詞時讀作だ。

它們的用法較多，在這裡就主要用法稍加比較說明。

1 だす（出《だ》す）（他、五）

1 作用Ⓐは Ⓑを出《だ》す句型，表示某人Ⓐ把某種東西Ⓑ弄到外面。相當於國語的拿出、搬出、露出、伸出等。

- 家財道具《かざいどうぐ》を外《そと》に出《だ》す。
  ／把家裡的東西搬到外面。
- 火山《かざん》は噴火口《ふんかこう》から煙《けむり》を出《だ》している。
  ／火山從火山口噴出煙來。

● あの老人《ろうじん》はいつも鼻水《はなみず》を出《だ》している。

／那個老人總是流著鼻涕。

● よくないと知《し》りつつも、ついに甘《あま》いものに手《て》を出《だ》した。

／雖然知道不好，但還是忍不住去拿了甜食。

2用於抽象比喩，用Ⓐは©を出《だ》す句型，表示某人、某個組織Ⓐ拿出、發出©等。

● 当局《とうきょく》は奨励金《しょうれいきん》を出《だ》すそうだ。

／據說當局會頒發獎金。

● 本部《ほんぶ》はもう命令《めいれい》を出《だ》した。

／總部已發出命令。

3用Ⓐは Ⓔ にⒹを出《だ》す句型，表示某人Ⓐ讓某人Ⓓ參加、出席某一會議、比賽Ⓔ。

● 田中君《たなかくん》を試合《しあい》に出《だ》すことになった。

／決定讓田中參加比賽了。

4用ⒶはⒻをⒼに出《だ》す句型，表示某人Ⓐ將某種東西Ⓕ交給某人Ⓖ。自動詞出《で》る沒有此用法。

- レポートを先生《せんせい》に出《だ》す。
  ／將報告交給老師。
- 入《い》らないものを屑屋《くずや》に出《だ》す。
  ／將不用的東西賣給做回收的人。

[2] でる（出《で》る）（自、下一）

它是和他動詞出《だ》す相對應的自動詞，但只是部分用法對應，有許多用法是不對應的。

1 與出《だ》す1-1的用法相對應，用Ⓑが出《で》る句型，表示某人、某物Ⓑ出來。

- 朝起《あさお》きると、外《そと》へ出《で》て朝《あさ》の体操《たいそう》をする。
  ／早上起來，到外面作早操。
- 火山《かざん》は噴火口《ふんかこう》から煙《けむり》が出《で》ている。
  ／火山的出火口冒著煙。
- 鼻水《はなみず》が出《で》ている。
  ／流著鼻涕。
- 高《たか》くて手《て》が出《で》ない。
  ／東西貴，買不起。

用來講自然現象，如日、月等出來時，由於它的出來是自己出來的，而不是人們的意識所能左右得了的，因此可以用～が出《で》る，而不能用～を出《だ》す。例如：

● 太陽《たいよう》が東《ひがし》から出《で》た。

／太陽從東方出來了。

● 月《つき》が出《で》た。

／月亮出來了。

相反地出來的東西，需要人力來移動的，則只能用～を出《だ》す，而不能用～が出《で》る。

● みな本《ほん》を出《だ》した。

／大家拿出書本。

2 與出《だ》す1-2的用法相對應，用於抽象比喻，用Ⓐから©が出《で》る句型，表示從某人、某單位Ⓐ拿出、發出©。

● 会社《かいしゃ》から奨励金《しょうれいきん》が出《で》るそうです。

／據說公司會出獎金。

● 本部《ほんぶ》から命令《めいれい》が出《で》た。

／從本部發出了命令。

3 與出《だ》す1-3的用法相對應，用Ⓐが Ⓑに出《で》る句型。表示某人Ⓐ參加、出席某一個會議、比賽Ⓑ。

● 田中君《たなかくん》が試合《しあい》に出《で》ることになった。／決定由田中參加比賽了。

但它沒有出《だ》す1-4的用法，因此下面的說法是不通的。

×レポートが先生《せんせい》に出《で》た。

4 出《で》る雖是自動詞，但可以用～を出《で》る，即用Ⓐは Ⓑを出《で》る句型，表示某人Ⓐ離開某地、某一學校Ⓑ。這時則不能用出《だ》す。

● 下宿《げしゅく》を出《で》る。（×下宿《げしゅく》を出《だ》す）。

／離開宿舍。

● 大学《だいがく》を出《で》て（×大学《だいがく》を出《だ》して）社会《しゃかい》に入《はい》る。

／大學畢業進入社會。

● 十年前故郷《じゅうねんまえふるさと》を出《で》て（×故郷《ふるさと》を出《だ》して）東京《とうきょう》にやってきた。

／十年前離開家鄉，來到東京。

● 玄関《げんかん》を出《で》たら（×玄関《げんかん》を出《だ》したら）雨《あめ》が降《ふ》っていた。

／走出大門，就下起雨了。

5用Ⓐが Ⓑに（へ）出《で》る句型，表示某人Ⓐ到達某一地點Ⓑ。出《だ》す沒有此用法。

● それは駅《えき》へ出《で》る道《みち》だ（×駅《えき》へ出《だ》す道《みち》だ）。

／那是往車站的路。

● あの角《かど》を右《みぎ》へ曲《まが》れば海岸公園《かいがんこうえん》に出《で》ます（×海岸公園《かいがんこうえん》に出《だ》します）。

／在那個轉角右轉，就到海岸公園了。

● 大通《おおどお》りに出《で》た（×大通《おおどお》りに出《だ》した）ところで友達《ともだち》に会《あ》った。

／走過大街的時候，遇到了一位朋友。

以上是他動詞出《だ》す、自動詞出《で》る的主要用法及其相互之間的關係。

48 たすける、たすかる

1 たすける（助《たす》ける）（他、下一）

1用Ⓐは Ⓑを助《たす》ける句型，表示某人Ⓐ救了另一個人Ⓑ的生命或解除了Ⓑ肉體上、精神上的痛苦。

● 通行人《つうこうにん》が溺《おぼ》れかけていた子供《こども》を**助《たす》けた**。

／路人救了那個即將溺死的孩子。

● お医者《いしゃ》さんの田村先生《たむらせんせい》が私《わたし》の命《いのち》を**助《たす》けて**くれた。

／田村醫生救了我的命。

● 犬《いぬ》に吠《ほ》えられて怖《こわ》かったので、「**助《たす》けて**」と叫《さけ》んだ。

／被狗一吠我就害怕了，大喊「救命啊」！

● 危《あや》ういところを**助《たす》けられた**。

／在危急的時候，他救了我。

2也用Ⓐは Ⓑを助《たす》ける句型，表示某人Ⓐ幫助某人Ⓑ，解除經濟方面的困難。意同於幫助、救助。

● 貧乏《びんぼう》な人《ひと》を助《たす》けるためにお金《かね》を**集《あつ》めて**います。

／為了幫助窮人而募捐。

● 台風《たいふう》の被害者《ひがいしゃ》たちを**助《たす》ける**ために、不用《ふよう》な衣類《いるい》などを送《おく》った。

／為了幫助受颱風災害的人們，送了一些我們用不到的衣物。

2 たすかる（助《たす》かる）（自、五）

它是與助《たす》ける相對應的自動詞，基本上與助《たす》ける相對應使用。

1用Ⓑは（Ⓐによって）助《たす》かる句型，表示某人Ⓑ由於Ⓐ而得救，或由於Ⓐ，使Ⓑ在精神上、肉體上的痛苦得以解除。但Ⓐ往往不出現在句子裡。相當於中文的得救。

● 溺《おぼ》れそうになったが、運《うん》よく助《たす》かった。
／眼看就要被淹死了，但很幸運地得救了。

● 注射《ちゅうしゃ》を打《う》ってもらって助《たす》かった。
／讓醫生打了針，才得救。

● 試験《しけん》が中止《ちゅうし》になって（私《わたし》は）助《たす》かった。
／考試結束，我終於得救了。

● この病状《びょうじょう》では助《たす》かるまい。
／這種病情，恐怕是救不了的。

2也用（Ⓑは）助《たす》かる句型，表示某人Ⓑ在經濟上省錢，在勞力上省力；在時間上省時。相當於國語的省⋯。

● 米《こめ》の値段《ねだん》が下《さ》がって助《たす》かった。

／米價下跌了，省了點錢。

● 野菜《やさい》が安《やす》くなったので、助《たす》かった。

／蔬菜降價了，省了些錢。

● 電気洗濯機《でんきせんたくき》を使《つか》うので助《たす》かった。

／用洗衣機很省事。

它雖是與他動詞助《たす》かる相對應的自動詞，但它與助《たす》ける的用法不完全相同：用助《たす》ける時，它的動作對象一般不能用無生物，即不能用某種東西；但用自動詞助《たす》かる時，則可以用無生物（即某種東西）作主語。例如：

● 金《かね》は盗《ぬす》まれたが、時計《とけい》は助《たす》かった。

／錢被偷了，但手錶沒事。

● 台風《たいふう》で大方《おおかた》の船《ふね》は沈没《ちんぼつ》したが、うちの船《ふね》は助《たす》かった。

／因為颱風，許多船都沉了，可是我家的船保住了。

49 たつ、たてる

兩詞的用法較多，在這裡只就主要用法稍加比較說明。

1 たつ（立《た》つ）（自、五）

1用Ⓐが立《た》つ句型，表示人或物Ⓐ站、站立、站著、豎著、立著。

● 彼《かれ》は橋《はし》の上《うえ》に立《た》って川《かわ》を眺《なが》めていた。
／他站在橋上眺望著河川。

● そんなところに立《た》つと邪魔《じゃま》になるよ。
／站在那很礙事耶！

● 道端《みちばた》には道《みち》しるべが立《た》っている。
／路旁立著路標。

● 店《みせ》の前《まえ》には大《おお》きな看板《かんばん》が立《た》っている。
／在商店前面，立著一個大招牌。

● 村《むら》のはずれに大《おお》きな木《き》が一本《いっぽん》立《た》っている。
／村子外圍有一棵大樹。

2用Ⓑが立《た》つ句型，表示一些氣體、煙或塵等Ⓑ從低處向高處升起。相當於中文的升起、上升或適當地議作中文。

● 湯気《ゆげ》が立《た》っている。

／冒著熱氣。

● 工場《こうじょう》の煙突《えんとつ》から煙《けむり》が立《た》っている。

／工廠裡的煙囱冒著煙。

● 埃《ほこり》が立《た》ちますから、水《みず》をまいてから掃《は》きなさい。

／會揚起灰塵，所以灑完水以後再掃。

3它雖是自動詞，但可以用～を立《た》つ，即用Ⓐが（Ⓒを）立《た》つ句型，表示某人Ⓐ離開某一地方Ⓒ。

● 彼《かれ》は席《せき》を立《た》って出《で》て行った。

／他離開座位出去了。

● 田中《たなか》さんは昨日《きのう》の汽車《きしゃ》で東京《とうきょう》を立《た》った。

／田中先生昨天搭火車離開了東京。

● 佐藤《さとう》さんは今晩《こんばん》アメリカへ立《た》つ。

／佐藤先生預計今晚到美國去。

2 たてる（立《た》てる）（他、下一）

它是與自動詞立《た》つ相對應的他動詞。

1 與立《た》つ 1-1 的用法相對應，用Ⓑが Ⓐを立《た》てる句型，表示某人Ⓑ樹起、立起某種東西Ⓐ。

● 道《みち》しるべを立《た》てる。

／樹立一個路標。

● 店《みせ》の前《まえ》には大《おお》きな看板《かんばん》を立《た》てた。

／在店門口立起一個大招牌。

但這一他動詞的動作對象是人時，一般不用立《た》てる，而要用立《た》たせる，表示讓某一個人站起。

● 先生《せんせい》は李君《りくん》を立《た》たせて聞《き》いた。

／老師讓李同學站起來問話。

2 與立《た》つ 1-2 的用法相對應，用Ⓑが Ⓐを立《た》てる句型，表示某人或某種東西Ⓑ，使煙、塵、氣Ⓐ等從低處向高處升起，可議作中文的冒、冒出、升起、吹起等。

● 部屋《へや》を暖《あたた》めるためにお湯《ゆ》を沸《わ》かして湯気《ゆげ》を立《た》てている。

／為了暖和房間，燒水讓蒸汽冒出。

●汽車《きしゃ》は煙《けむり》を立《た》てて走《はし》っている。

／火車冒著黑煙前進著。

●強《つよ》い風《かぜ》が吹《ふ》いて、砂埃《すなほこり》をものすごく立《た》てている。

／颳著大風，吹起萬丈塵土。

它沒有立《た》つ1-3的用法，即沒有離開的意思，因此下面的說法是不通的。

×席《せき》を立《た》てて出《で》ていった。

除此之外，當慣用語來用時，立《た》つ與立《た》てる一般是可以相互對應使用的。例如：

●お湯《ゆ》を立《た》てる。／燒開水。

●風呂《ふろ》を立《た》てる。／燒洗澡水。

●泡《あわ》を立《た》てる。／使它起泡。

●音《おと》を立《た》てる。／使之發出聲音。

●腹《はら》を立《た》てる。

●お湯《ゆ》が立《た》つ。／水開了。

●風呂《ふろ》が立《た》つ。／洗澡水燒好了。

●泡《あわ》が立《た》つ。／起泡。

●音《おと》が立《た》つ。／有聲音。

●腹《はら》が立《た》つ。

／使生氣。
●面目《めんもく》を立《た》てる。
／使面子保住。
●顔《かお》を立《た》てる。
／使面子保住。
●義理《ぎり》を立《た》てる。
／盡情份。
●噂《うわさ》を立《た》てる。
／傳播謠言。
●手柄《てがら》を立《た》てる。
／立功。
●役《やく》に立《た》てる。
／使之有用。

／生氣。
●面目《めんもく》が立《た》つ。
／保住面子。
●顔《かお》が立《た》つ。
／保住面子。
●義理《ぎり》が立《た》つ。
／盡了情份。
●噂《うわさ》が立《た》つ。
／走了風聲，謠言傳開。
●手柄《てがら》が立《た》つ。
／立功。
●役《やく》に立《た》つ。
／有用。

◎ち

50 ちがう、ちがえる

1 ちがう（違《ちが》う）（自、五）

1 Ⓐは Ⓑと違《ちが》う或Ⓐと Ⓑとは違《ちが》う句型，表示兩種東西、Ⓐ與Ⓑ不同。

- 訳文《やくぶん》は原文《げんぶん》と少《すこ》し違《ちが》う。
／翻譯和原文稍有不同。
- これとそれとは値段《ねだん》が違《ちが》う。
／這個和那個價錢不同。
- 外《そと》から見《み》ると同《おな》じようだが、中《なか》は全然《ぜんぜん》違《ちが》う。
／從外面看好像是一樣的，但裡面完全不同。
- 弟《おとうと》と兄《あに》とは全《まった》く違《ちが》う。非常《ひじょう》にがっちりしている。
／弟弟和哥哥完全不同，是個非常精明的人。

2 用Ⓐが違《ちが》う句型，表示某種東西、某種活動Ⓐ錯誤、錯。

● あなたの言《い》うことが違《ちが》っている。

／你說錯了。

● 答《こた》え違《ちが》うのは計算《けいさん》が間違《まちが》えたからだ。

／答案錯是因為計算錯誤。

2 ちがえる（違《ちが》える）（他、下一）

它是自動詞違《ちが》う相對應的他動詞，含有使…的意思。與違《ちが》う 1-1 1-2 用法相對應，用Ⓐを Ⓑに違《ちが》える或Ⓒを違《ちが》える句型，分別表示把某種東西、某人Ⓐ搞錯成了Ⓑ，或某種東西錯了。

● 「未《み》」を「末《まつ》」に違《ちが》えて書《か》いてはいけません。

／不要錯把「未」字寫成「末」字。

● うっかりして道《みち》を違《ちが》えた。

／不小心走錯路了。

● 訳者《やくしゃ》は原文《げんぶん》を違《ちが》えた。

／譯者把原文的意思弄錯了。

- 彼《かれ》は値段《ねだん》を違《ちが》えた。

／他把價錢搞錯了。

51 近《ちか》づく、近《ちか》づける

1 ちかづく（近《ちか》づく）（自、五）

1 一般用Ⓐが（Ⓒに）近《ちか》づく句型，表示某人、某種東西Ⓐ靠近某一場所Ⓒ。

- 危《あぶ》ないところに近《ちか》づかないでください。

／請不要靠近危險的地方！

- 船《ふね》がだんだん岸《きし》に近《ちか》づいてきた。

／船漸漸靠岸了。

2 也用ⒶがⒸに近《ちか》づく句型，但這個句型裡的Ⓐ與Ⓒ都是人，表示Ⓐ接近Ⓒ。

- あの男《おとこ》は首相《しゅしょう》に近《ちか》づくチャンスがある。

／他有機會接近首相。

- 誰《だれ》も彼《かれ》に近《ちか》づかない。

／誰也不接近他。

● あんな悪《わる》い人《ひと》に近《ちか》づいてはいけない。

／不要接近那種的壞人。

3用Ⓑが近《ちか》づく句型，表示某一日期Ⓑ臨近、來臨。

● 試験《しけん》が近《ちか》づいた。

／考試將近。

● 春《はる》が過《す》ぎて、夏《なつ》が近《ちか》づいてきた。

／春去夏來。

②ちかづける（近《ちか》づける）（他、下一）

它是與自動詞近《ちか》づく相對應的他動詞，含有使…的意思。

1與自動詞近《ちか》づく1-1的用法相對應，一般用Ⓐを（Ⓒに）近《ちか》づける句型，表示使某人、某種東西Ⓐ靠近、挨近Ⓒ。

● 子供《こども》を危険《きけん》な場所《ばしょ》に近《ちか》づけないように。

／不要讓孩子靠近危險的地方。

● ガソリンを火《ひ》に近《ちか》づけてはいけない。
／不要讓汽油靠近火源。

2 與近《ちか》づく1-2的用法相對應，用Ⓐを©に近《ちか》づける句型，Ⓐ與©都表示人，表示使某人Ⓐ接近©。

● 彼女《かのじょ》はあまり人《ひと》を近《ちか》づけない。
／她不太讓人接近。

近《ちか》づく1-3表示時間的臨近、靠近，但由於時間、時期是客觀的存在，不是人們的意志所能左右的。因此近《ちか》づける不能用於讓時間接近，下面的句子是不通的。

×試験《しけん》を近《ちか》づけた。

〔參考〕「近《ちか》づける」除了上述的用法之外，還可以表示「近《ちか》づくことができる」（能夠靠近），這時是「近《ちか》づく」的未然形後接可能助動詞「れる」構成「近《ちか》づかれる」，然後約音成「近《ちか》づける」。例如：

● 風《かぜ》のために、船《ふね》は港《みなと》に近《ちか》づけなかった。
／因為風的關係，船隻無法停靠碼頭。

52 ちぢむ、ちぢまる、ちぢれる、ちぢめる、ちぢらす

上述五個動詞的漢字都寫作縮字，其中縮《ちぢ》む、縮《ちぢ》まる、縮《ちぢ》れる是自動詞；縮《ちぢ》める、縮《ちぢ》らす是他動詞，但它們對應關係複雜，適用的場合不同。

①ちぢむ（縮《ちぢ》む）（自、五）

1 表示具體東西長短的縮短、收縮、縮。

● メリヤスは水《みず》につけると、縮《ちぢ》む。
／針織品一碰水就會縮水。

● 少《すこ》し着物《きもの》の丈《たけ》が縮《ちぢ》んだようだ。
／和服的長度好像縮水了。

● ナイロン生地《きじ》は洗濯《せんたく》しても縮《ちぢ》まない。
／尼龍布料即使洗了也不會縮水。

2 用於人，表示人的身體縮短、縮著。

● 年寄《としよ》る背丈《せたけ》が縮《ちぢ》む。
／年紀越長身高就越矮了。

● 怖《こわ》くて足《あし》が縮《ちぢ》んでしまい、一歩《いっぽ》も歩《ある》けなかった。

／嚇得縮著腿，一步也走不動。

● 寒《さむ》くて、身《み》が縮《ちぢ》んだ。

／冷得身子縮成一團。

②ちぢまる（縮《ちぢ》まる）（自、五）

它與縮《ちぢ》む相同，都是自動詞。

1 它不僅表示長短的縮短，還表示距離、間隔，甚至時間的縮短。

● メリヤスは水《みず》につけると、縮《ちぢ》まる（○縮《ちぢ》む）。

／針織品一下水就縮水。

● 飛行機《ひこうき》ができてから、地球上《ちきゅうじょう》の距離《きょり》も縮《ちぢ》まった（×縮《ちぢ》んだ）。

／飛機出現以後，縮短了地球上的距離。

● 短縮授業《たんしゅくじゅぎょう》時間《じかん》が縮《ちぢ》まった（×縮《ちぢ》んだ）。

／由於是短期課程所以上課時間縮短了。

2 用於人，表示人身體的一部分縮著、縮小、縮短。

●寒《さむ》さで体《からだ》が縮《ちぢ》まった。

／冷得身體縮了起來。

③ちぢれる（縮《ちぢ》れる）（自、下一）

它雖寫作縮，但與前面兩個動詞含義不同：縮《ちぢ》れる表示某種東西起皺紋或者變捲。

●髪《かみ》が縮《ちぢ》れている。

／頭髮鬈曲。

●一度《いちど》編《あ》んだ毛糸《けいと》は解《ほど》くと、縮《ちぢ》れていてそのままでは使《つか》えない。

／使用過的毛線拆了以後會捲曲，不能直接使用。

●洗濯《せんたく》したままのシャツは縮《ちぢ》れていて、アイロンをかければならない。

／洗過的襯衫滿是摺痕，要用熨斗熨一熨。

④ちぢめる（縮《ちぢ》める）（他、下一）

它是與自動詞縮《ちぢ》む、縮《ちぢ》まる相對應的他動詞。

1 與縮《ちぢ》む[1-1]、縮《ちぢ》まる[2-1]的用法相對應，表示使某種物品的長短縮短。

●服《ふく》の丈《たけ》を五《ご》センチばかり縮《ちぢ》めてください。

／把衣服的長度改短五公分。

它還表示將距離、間隔、時間等縮短。

● 飛行機《ひこうき》が地球上《ちきゅうじょう》の距離《きょり》を縮《ちぢ》めた。

／飛機讓地球上的距離縮短了。

● 工事《こうじ》の期限《きげん》を二《に》ヵ月《げつ》ばかり縮《ちぢ》めた。

／把工程期限整整縮短了兩個月。

2 縮《ちぢ》む1-2、縮《ちぢ》まる2-2的用法相對應，表示把人身體的一部分縮回、縮短。

● 門《もん》が低《ひく》くて、首《くび》を縮《ちぢ》めなくては入《はい》れない。

／門很矮，不縮著脖子進不去。

● 足《あし》を縮《ちぢ》めて飛《と》びおりた。

／縮著腳跳了下去。

5 ちぢらす（縮《ちぢ》らす）（他、五）

它是與自動詞縮《ちぢ》れる相對應的他動詞，表示使某種東西變卷；使某種東西出現皺褶。

● 薬《くすり》で髪《かみ》を縮《ちぢ》らす。

／用藥水使頭髮鬈曲。

歸納起來，上述五詞的對應關係大致如下：

縮《ちぢ》む（自）　服《ふく》の丈《たけ》が～だ。
縮《ちぢ》まる（自）　地球上《ちきゅうじょう》の距離《きょり》が～た。
縮《ちぢ》める（他）　服《ふく》の丈《たけ》を～た。
縮《ちぢ》れる（自）　地球上《ちきゅうじょう》の距離《きょり》を～た。
縮《ちぢ》らす（他）　髪《かみ》の毛《け》が～ている。
髪《かみ》の毛《け》を～た。

對應　對應　對應

53 散《ち》る、散《ち》らばる、散《ち》らかる、散《ち》らす、散《ち》らかす

五個詞的漢字都寫作散字，其中散《ち》る、散《ち》らばる、散《ち》らかる是自動詞；散《ち》らす、散《ち》らかす是他動詞，自他的對應關係複雜，適用的場合不同。

1 ちる（散《ち》る）（自、五）

1表示花謝、花落；東西散開、散落。

● 桜《さくら》の花《はな》がもうじき散《ち》ってしまうだろう。
／櫻花很快就會謝了吧！

●岩《いわ》に打《ぶ》つかって白《しろ》い波《なみ》が散《ち》った。

／白色的波濤打在岩石上散了開來。

2表示人們散去、散開。

●観客《かんきゃく》が三三五五《さんさんごご》と散《ち》って行《い》った。

／觀眾三三兩兩地散去。

●警察《けいさつ》がやってきてから、群衆《ぐんしゅう》はすぐ散《ち》って行《い》った。

／警察來了之後，群眾立刻散去了。

3引申用於抽象比喻，表示傳聞、謠言等流傳開、流傳。

●そんな噂《うわさ》が町中《まちじゅう》に散《ち》った。

／那傳聞在城市裡流竄著。

●物価《ぶっか》がもっと上《あ》がるだろうという噂《うわさ》が市内《しない》に散《ち》って、人々《ひとびと》は不安《ふあん》になった。

／物價將再上漲的傳言在市面上傳開後，人們感到很不安。

②ちらばる（散《ち》ら張《ば》る）（自、五）

1表示人或商店等散佈、遍佈在各地。沒有與它相對應的他動詞。

● 大学《だいがく》の同級生《どうきゅうせい》は今《いま》では方々《ほうぼう》に散《ち》ら張《ば》っている。
／大學的同班同學，現在各奔東西。
● 生徒《せいと》たちは公園《こうえん》のあちこちに散《ち》ら張《ば》って弁当《べんとう》を食《た》べている。
／學生們散佈在公園各處，吃著便當。
● 松下会社《まつしたかいしゃ》の支店《してん》は日本《にほん》ばかりではなく、世界各地《せかいかくち》に散《ち》ら張《ば》っている。
／松下的分公司，不僅在日本，也遍及世界各地。

2 表示某種東西零散地扔在某一地方、場所。

● 子供《こども》の部屋《へや》におもちゃが散《ち》ら張《ば》っている。
／孩子的房間裡，散亂著一些玩具。
● 机《つくえ》の上《うえ》に散《ち》ら張《ば》っている本《ほん》や雑誌《ざっし》を片付《かたづ》けなさい。
／把扔在桌子上的書、雜誌都收拾起來！

③ ちらかる（散《ち》らかる）（自、五）

與散《ち》ら張《ば》る2-2的意思、用法相同，表示某種東西零亂地扔在某一地方、場所。

● 街路《がいろ》にビラが散《ち》らかっている。
／街上到處散落著傳單。

● 部屋《へや》が散《ち》らかっている。

／房間搞得亂七八糟。

● 片付《かたづ》けたばかりなのに、どうしてまた散《ち》らかっているのでしょう？

／才剛收拾完，為什麼又扔得到處都是呢？

④ちらす（散《ち》らす）（他、五）

它是與自動詞散《ち》る相對應的他動詞，是由散《ち》る的未然形後接使役助動詞せる構成的散《ち》らせる變化而來的，仍含有使…的意思。

1 與散《ち》る1-1的用法相對應，表示使某種東西落下、散開。

● 強《つよ》い風《かぜ》が一晩《ひとばん》のうちに桜《さくら》の花《はな》を散《ち》らしてしまった。

／大風一個晚上就把櫻花吹落了。

● 風《かぜ》が雲《くも》を散《ち》らして空《そら》が晴《は》れ上《あ》がった。

／風吹散了雲，天空放晴了起來。

2 與散《ち》る1-2的用法相呼應，表示使人們散開、散去。

● 兵隊《へいたい》を四方《しほう》に散《ち》らした。

／把軍隊分散到四面。

● 警察《けいさつ》は集《あつ》まってきた野次馬《やじうま》を散《ち》らした。

／警察驅散了來看熱鬧的人們。

3與散《ち》る1-3的用法相對應，用於抽象比喻，表示傳播流言蜚語。

● 誰《だれ》かが悪《わる》い噂《うわさ》を散《ち》らしたので、みんな迷惑《めいわく》している。

／有人散佈不實的流言，造成了大家的困擾。

5 ちらかす（散《ち》らかす）（他、五）

它是與自動詞散《ち》ら張《ば》る2-2、散《ち》らかる的用法相對應的他動詞，表示零散地扔、亂扔某種東西或把某一地方、場所搞得零亂。

● 子供《こども》たちは部屋《へや》中《じゅう》におもちゃを散《ち》らかして遊《あそ》んでいる。

／孩子們把玩具亂扔在房裡玩。

● あなたには自分《じぶん》の部屋《へや》を散《ち》らかしておいてはいけません。

／你不可以把自己的房間搞得這樣亂七八糟的。

● 廊下《ろうか》や教室《きょうしつ》に紙《かみ》くずを散《ち》らかしてはいけません。

／不要在走廊、教室裡亂扔紙屑！

歸納起來，五個詞相互對應關係大致如下：

散《ち》る（自）　桜《さくら》の花《はな》が～てしまった。

散《ち》らす（他）　風《かぜ》が桜《さくら》の花《はな》を～てしまった。

對應

散《ち》ら張《ば》る（自）　2-1 支店《してん》が各地《かくち》に～ている。

散《ち》らかる（自）　2-2 おもちゃが～ている。

散《ち》らかす（他）　部屋《へや》におもちゃを～ている。

對應　對應

◉つ

54 掴《つか》む、掴《つか》まえる、掴《つか》かる

1 つかむ（掴《つか》む）（他、五）

1 表示抓住、握住某種東西不放開。

● 髪《かみ》を掴《つか》んで引《ひ》き倒《たお》した。

／抓住頭髮把對方撂倒了。

● これは僕《ぼく》のものだと掴《つか》んで離《はな》さない。

／倘若是我的東西，一旦拿了就不放手。

● 蛇《へび》の尻尾《しっぽ》を掴《つか》んで振《ふ》り回《まわ》した。

／抓住蛇的尾巴就這麼甩了起來。

2 用於抽象比喻，表示抓住金錢、人心、機會等，有時可譯作掌握。

● 金《かね》を掴《つか》んだら絶対《ぜったい》に離《はな》さないやつだ。

／他是一個拿到錢就絕對不放手的傢伙。

● 相手《あいて》の気持《きも》ちさえ掴《つか》めばこの仕事《しごと》は成功《せいか》だ。

／掌握了對方的意思，這件事就成功了。

● 彼《かれ》は人《ひと》の心《こころ》を掴《つか》むのが上手《じょうず》だ。

／他擅於掌握人心。

● 機会《きかい》を掴《つか》んでしっかりやるのだ。

／抓住機會好好做啊！

● やっと掴《つか》んだ幸《しあわ》せを、そうやすやす手放《てば》なしてなるものか。

／好不容易抓住的幸福，能就這麼輕易地讓它跑掉嗎？

2 つかまえる（掴《つか》まえる）（他、下一）

表示捉住不放，但與掴《つか》む不同：掴《つか》む表示抓住某種東西，使它成己物、作為己用；而掴《つか》まる則表示抓住某人或某動物，不讓它逃掉。有時也用來講其他動物抓住某種東西。

● 警察《けいさつ》は泥棒《どろぼう》を掴《つか》まえた。

／警察捉住了小偷。

● 野生《やせい》の馬《うま》を掴《つか》まえるのは、それほど難《むずか》しくない。

／捉野馬並不太難。

●逃《に》げた犬《いぬ》を掴《つか》まえようとしたが、なかなか掴《つか》まらなかった。

／我想捉那條逃走的狗，但始終沒捉到。

●雨《あめ》だから、タクシーを掴《つか》まえて帰《かえ》ってきた。

／因為下雨，所以我攔了一輛計程車回來了。

●蜘蛛《くも》は網《あみ》をはって虫《むし》を掴《つか》まえて食《く》う動物《どうぶつ》だ。

／蜘蛛是結網捕蟲的動物。

也有人將掴《つか》まえる與掴《つか》む視為相同意思，表示抓住、握住。

●腕《うで》を掴《つか》まえて（○掴《つか》んで）離《はな》さない。

／抓住胳臂不放。

●蛇《へび》の尻尾《しっぽ》を掴《つか》まえて（○掴《つか》んで）振《ふ》り回《まわ》す。

／抓住蛇的尾巴轉了起來。

③つかまる（掴《つか》まる）（自、五）

它是與掴《つか》む、掴《つか》まえる相對應的自動詞。

1與掴《つか》む的用法相對應，表示抓住。

●椅子《いす》に掴《つか》まって立《た》った。
／扶著椅子站了起來。

●転《ころ》ばないように吊《つ》り革《かわ》に掴《つか》まっていた。
／抓住吊環，免得摔倒了。

與掴《つか》む相同，也可以用於抽象，如抓住機會、人的心理等。

●とうとうチャンスが掴《つか》まった。
／終於抓住了機會。

2 與掴《つか》まえる的用法相對應，含有掴《つか》まえられる（被動）的意思，表示被捉住。

●逃《に》げた泥棒《どろぼう》は掴《つか》まった。
／逃跑的小偷被抓到了。

●犯人《はんにん》はまだ掴《つか》まらない。
／犯人還沒有被捉住。

●必死《ひっし》で逃《に》げた鹿《しか》もついに、狼《おおかみ》の群《む》れに掴《つか》まってしまった。
／拚命逃跑的鹿，最終還是被狼群給捉住了。

●おしゃべりな奥《おく》さんに掴《つか》まって、つい長時間《ちょうじかん》立《た》ち話《ばなし》をしてしまった。
／被長舌的太太捉住，站在那裡講了好久的話。

有時也含有掴《つか》まえられる（可能）的意思。

● 雨天《うてん》なので、タクシーはなかなか掴《つか》まらなかった。
／因為是下雨天，怎麼也攔不到計程車。

● あの先生《せんせい》は留守《るす》勝《が》ちで、なかなか掴《つか》まらない。
／那位老師常不在家，我總找不到他。

三詞的對應關係，歸納起來大致如下：

掴《つか》む（他）　機会《きかい》を～。
掴《つか》まえる（他）　泥棒《どろぼう》を～。
掴《つか》まる（自）　3-1 機会《きかい》が～た。
3-2 泥棒《どろぼう》が～た。

對應　對應

55 伝《つた》う、伝《つた》わる、伝《つた》える

三個詞的漢字都寫作伝字，伝《つた》う、伝《つた》わる是自動詞；伝《つた》える是他動詞。三者對應關係複雜，適用的情況不同。

1 つたう（伝《つた》う）（自、五）

它雖是自動詞，但可以用～を伝《つた》う，即構成Ⓐは Ⓑを伝《つた》う句型，表示某人、某種東西Ⓐ沿著、順著某種東西、某一路線Ⓑ前進。

● 泥棒《どろぼう》は屋根《やね》を伝《つた》って逃《に》げた。
／小偷順著屋頂逃跑了。

● この川《かわ》を伝《つた》って行《い》けば町《まち》に出《で》る。
／沿著這條河走，就可以走到鎮上。

● 崖《がけ》を伝《つた》って行《い》けば、この山《やま》を越《こ》えることができる。
／順著這山崖走，便可以越過這座山。

● 雨《あめ》の玉《たま》が電線《でんせん》を伝《つた》って流《なが》れ落《お》ちてる。
／雨滴順著電線流下。

②つたわる（伝《つた》わる）（自、五）

它雖也是自動詞，但也可以用～を伝《つた》わる、即構成Ⓐは Ⓑを伝《つた》わる句型，表示某種東西Ⓐ沿著、順著某種東西Ⓑ移動；或用Ⓐは Ⓒに伝《つた》わる句型，但它與伝《つた》う不同：伝《つた》う的移動是可以看得到的；而伝《つた》わる的移動，則多是看不到的，如電、熱、聲音等的傳導、移動。

1表示看不見的東西（如電、聲音、氣體等）沿著、順著某種東西的移動。有時也可譯作「傳」等。這時不能換用「伝《つた》う」。

● 雷《かみなり》は避雷針《ひらいしん》の電線《でんせん》を伝《つた》わって（×伝《つた》って）地中《ちちゅう》に放電《ほうでん》する。

／雷順著避雷針的電線導往地下。

● 花《はな》の香《かお》りがどこからともなく風《かぜ》に伝《つた》わって（×伝《つた》って）流《なが》れてくる。

／不知從什麼地方，隨著風傳來花香。

● ピアノの音《おと》が二階《にかい》に伝《つた》わって（×伝《つた》って）きた。

／鋼琴的聲音傳到了二樓。

2表示看得到東西（如人等）沿著、順著另一種東西移動。這時也可用伝《つた》う**。**

● 泥棒《どろぼう》が屋根《やね》を伝《つた》わって（○伝《つた》って）逃《に》げだ。

／小偷沿著屋簷逃跑了。

● 雨《あめ》や水《みず》が壁《かべ》を伝《つた》わって（○伝《つた》って）流《なが》れた。

／雨水沿著牆流下來。

3表示傳聞、新聞在人們當中相傳、流傳**；或著某種東西**代代相傳**。**

● 彼《かれ》の評価《ひょうか》は海外《かいがい》にも伝《つた》わっている。

／他的風評也傳到了海外。

● 田舎《いなか》ではニュースの伝《つた》わるのが遅《おそ》いです。

／在鄉下地方新聞傳播得很慢。

● これはこの地方《ちほう》の古《ふる》くから伝《つた》わってきた習慣《しゅうかん》だ。

／這是此地自古流傳下來的習俗。

● これは昔《むかし》からこの家《いえ》に伝《つた》わってきた宝《たから》だ。

／這是我們家自古流傳下來的寶物。

3 つたえる（伝《つた》える）（他、下一）

它是與自動詞伝《つた》わる相對應的他動詞。

1 與伝《つた》わる 2-1 的用法相呼應，表示看不見的東西，如電、熱、聲音等的傳、傳導。

● 鉄《てつ》や銅《どう》は電気《でんき》を伝《つた》えるが、ガラスは電気《でんき》を伝《つた》えない。／鐵、銅導電，但玻璃不導電。

● これはよく熱《ねつ》を伝《つた》える金属《きんぞく》だ。／這是導熱佳的金屬。

但表示看得到的東西或人順著、沿著時，則不好用伝《つた》える。例如：

×泥棒《どろぼう》は屋根《やね》を伝《つた》えて逃《に》げた。

2與伝《つた》わる2-2的用法相對應，表示透過人傳、傳達、相傳。

●電気通信《でんきつうしん》ができると、ニュースを伝《つた》えるのが速《はや》くなった。／電子通訊出現了以後，新聞傳播就快了起來。

●この家《いえ》は先祖《せんぞ》から伝《つた》えられたものだ。／這棟房子是祖先傳下來的。

歸納起來，三個詞相互對應關係大致如下：

伝《つた》う（自）　川《かわ》を～ていく。

伝《つた》わる（自）　電気《でんき》が～。噂《うわさ》が～。

伝《つた》える（他）　電気《でんき》を～。噂《うわさ》を～。

56 続《つづ》く、続《つづ》ける

①つづく（続《つづ》く）（自、五）

1表示某種現象、某種活動或空間的繼續。

●毎日雨《まいにちあめ》が続《つづ》いてうんざりだ。
／毎天不停地下雨，真煩人。

●操業《そうぎょう》は夜昼《よるひる》休《やす》みなく続《つづ》く。
／工作晝夜不停地持續著。

●講演《こうえん》は延々《えんえん》と三時間《さんじかん》も続《つづ》いた。
／演講沒完沒了地持續了三個小時。

●行《い》けども行《い》けども沙漠《さばく》が続《つづ》いている。
／走啊走的，一直都是綿延不斷的沙漠。

●買《か》い物《もの》の行列《ぎょうれつ》が三十《さんじゅう》メートルも続《つづ》いている。
／排隊買東西的人龍，綿延了三十公尺長。

2表示兩種東西、兩個場所連接、相通。

●この道《みち》は駅前通《えきまえどお》りに続《つづ》いている。
／這條路連接著站前大街。

●S駅《えき》は国鉄《こくてつ》と私鉄《してつ》とが構内《こうない》で続《つづ》いているから便利《べんり》だ。
／S站由於站內連接著國鐵和私鐵所以很方便。

3用～続《つづ》いて表示某一動作、事物之後，接著進行或發生第三個動作、事物。

● 続《つづ》いて番組《ばんぐみ》のお知《し》らせをいたします。

／接著為您播報節目列表。

● 地震《じしん》と続《つづ》いて火災《かさい》が発生《はっせい》した。

／地震之後接著發生了火災。

4用名詞Ⓐが続《つづ》かない或名詞Ⓐが続《つづ》くだろうか含有可能的意思，表示某種東西不能繼續下去、繼續不下去或能繼續下去嗎？而続《つづ》ける沒有此用法。

● こんな重労働《じゅうろうどう》では体《からだ》が続《つづ》かない。

／這樣耗體力的工作，身體是承受不住的。

● 資金《しきん》が続《つづ》かなくて工事《こうじ》は一時中断《いちじちゅうだん》された。

／由於資金不足，工程暫時停止了。

● 燃料《ねんりょう》が続《つづ》かず不時着《ふじちゃく》を余儀《よぎ》なくされた。

／由於燃料無法持續供應，不得不臨時著陸。

● 四年間学資《よねんかんがくし》が続《つづ》くでしょうか。

／連四年的學費資助有著落嗎？

②つづける（続《つづ》ける）（他、下一）

它是與自動詞続《つづ》く相對應的他動詞。

1與続《つづ》く1-1的用法相對應，表示使某種事態、活動繼續下去。

● おしゃべりを二時間《にじかん》も続《つづ》けた。／連續聊了兩個小時的天。

● 勉強《べんきょう》を二時間以上《にじかんいじょう》続《つづ》けたら、二十分間《にじゅっぷんかん》休憩《きゅうけい》をとる。／連續念書兩個小時以後，休息二十分鐘。

● なかなかいいピアノ曲《きょく》だ。止《や》めずに続《つづ》けてください。／真是首優美的曲子，請繼續彈下去！

2與続《つづ》く1-2的用法相對應，表示將某種東西、場所連接起來。

● 二《ふた》つの建物《たてもの》を渡《わた》り廊下《ろうか》で続《つづ》ける。／兩棟建築以走廊相連。

● 台所《だいどころ》と食堂《しょくどう》を続《つづ》けた。／將廚房和飯廳連接起來了。

3與続《つづ》く1-3的用法相對應，表示在某一活動之後，使之接著進行下一個活動。

● では続《つづ》けて講義《こうぎ》をします。
／那麼接下來繼續上課。
● さあ、私《わたし》に続《つづ》けて読《よ》んでください。
／來！跟著我往下唸。
它沒有自動詞続《つづ》く1-4的用法，因此下面的句子是不通的。
×こんな重労働《じゅうろうどう》では体《からだ》を続《つづ》けることができない。

57 潰《つぶ》す、潰《つぶ》れる

1 つぶす（潰《つぶ》す）（他、五）

1 表示用力將某種東西弄壞、壓壞、擠壞。

● ちょっとの不注意《ふちゅうい》で買《か》ってきた卵《たまご》を五《いつ》つも潰《つぶ》した。
／稍一不注意，就把買來的雞蛋弄破了五個。
● 箱《はこ》を踏《ふ》んで潰《つぶ》した。
／把箱子踩壞了。

●砂糖《さとう》のかたまりを潰《つぶ》してから入《い》れなさい。
／請把結塊的砂糖弄碎再放入。

●大水《おおみず》が家《いえ》を潰《つぶ》した。
／大水把房子沖毀了。
引申作為慣用語，肝《きも》を潰《つぶ》す（嚇破了膽）。
●そのドンというものすごい音《おと》は僕《ぼく》の肝《きも》を潰《つぶ》した。
／那「咚」的一聲可把我嚇壞了。

2引申用於抽象比喻，表示毀壞家業、消磨時間等。

●商売《しょうばい》に失敗《しっぱい》して、家《いえ》を潰《つぶ》してしまった。
／經商失敗，把家也給毀了。

●投機《とうき》の商売《しょうばい》をして工場《こうじょう》を潰《つぶ》してしまった。
／做投機買賣，搞得工廠倒閉了。

●二三時間《にさんじかん》潰《つぶ》して部屋《へや》をきれいに掃除《そうじ》した。
／花了兩三個小時，把房間打掃乾淨了。

●そのことで俺《おれ》の顔《かお》をすっかり潰《つぶ》してくれた。
／那件事讓我真沒面子。

②つぶれる（潰《つぶ》れる）（自、下一）

它是與他動詞潰《つぶ》す相對應的自動詞。

1 與潰《つぶ》す1-1的用法對應，表示由於某種壓力，以致東西壓壞、擠壞、碰壞、壞。

● 買《か》ってきた卵《たまご》を五《いつ》つも潰《つぶ》れた。
／買來的雞蛋破了五個。

● 箱《はこ》が潰《つぶ》れたから、中《なか》のものがなくなった。
／箱子壞了，裡面裝的東西也掉了。

● 地震《じしん》で家《いえ》が潰《つぶ》れた。
／由於地震，房子被震塌了。

也可以用肝《きも》が潰《つぶ》れる表示嚇壞。

● 本当《ほんとう》に肝《きも》が潰《つぶ》れた。
／真是嚇壞了。

2 與潰《つぶ》す1-2的用法相對應，也用於抽象比喻，表示家業垮、倒，時間浪費等。

● 商売《しょうばい》に失敗《しっぱい》して家《いえ》が潰《つぶ》れてしまった。
／經商失敗，家業全敗光了。

●不景気《ふけいき》で中小企業《ちゅうしょうきぎょう》がどんどん潰《つぶ》れる。

／由於不景氣，中小企業一個接一個地倒閉。

●日曜日《にちようび》は家《いえ》の手伝《てつだ》いで、一日《いちにち》潰《つぶ》れてしまった。

／星期天在家裡做了一整天家事。

●そのことで俺《おれ》の面目《めんもく》はすっかり潰《つぶ》れてしまった。

／因為那件事，讓我丟盡了臉。

◎て

58 照《て》る、照《て》れる、照《て》らす

三詞的漢字都是照字，但含義不同，自他關係複雜。

1 てれる（照《て》れる）（自、下一）

漢字雖寫作照字，但與其他兩個詞照《て》る、照《て》らす的意思完全不同，表示不好意思、難為情、害臊。

● 照《て》れて顔《かお》を赤《あか》くした。

／害羞得臉都紅了。

● 照《て》れたように笑《わら》った。

／害羞似地笑了。

● 若《わ》い女性《じょせい》の前《まえ》ですっかり照《て》れてしまった。

／在年輕女生面前很害羞。

2 てる（照《て》る）（自、五）

表示日、月等的照射、照耀。

● 太陽《たいよう》が照《て》っている。

／太陽照耀著。

● 月《つき》が照《て》って真昼《まひる》のようだ。

／月亮照射得像白天一樣。

● この部屋《へや》はよく日《ひ》が照《て》る。

／這個房間光線很好。

3 てらす（照《て》らす）（他、五）

它是與自動詞照《て》る相對應的他動詞，是由照《て》る的未然形後接使役動詞せる構成的照《て》らせる變化而來的，仍含有使…的意思。

1 與照《て》る的用法相對應，表示日月照亮某個地方、場所。

● 夏《なつ》の太陽《たいよう》が庭《にわ》を照《て》らしている。

／夏天的陽光灑落庭院。

● 月《つき》が窓《まど》を照《て》らして真昼《まひる》のようだ。
／月亮照射著窗子像白天一樣。

● 懐中電燈《かいちゅうでんとう》の光《ひかり》が彼《かれ》の顔《かお》を照《て》らした。
／手電筒的燈照亮了他的臉。

值得注意的是：它還可以用來講手電筒或探照燈的燈光照亮某種地方、某種東西。

● サーチライトが暗《くら》い海《うみ》の上《うえ》をさっと照《て》らし出《だ》してから消《き》える。
／探照燈照亮了漆黑的海面，隨後又滅了。

2 引申用於抽象比喻，表示對照、按照。

照《て》る沒有此用法。

● 彼《かれ》の無罪《むざい》は事実《じじつ》に照《て》らしても明《あき》らかだ。
／與事實對照之下，他的清白是很明確的。

● 法律《ほうりつ》に照《て》らして彼《かれ》を処分《しょぶん》せねばならない。
／必須要按法律處罰他。

● 僕《ぼく》は人情《にんじょう》に照《て》らして大目《おおめ》に見《み》た。
／念在往日情份上我原諒了他。

● それは先例《せんれい》に照《て》らして決定《けってい》すべきだ。

／應該按照往例來判斷。

歸納起來，三者的對應關係大致如下：

照《て》れる（自）　すっかり～てしまった。

照《て》る（自）　太陽《たいよう》が～ている。

照《て》らす（他）　3-1 太陽《たいよう》が大地《だいち》を～ている。

3-2 先例《せんれい》に～て決定《けってい》すべきだ。

對應

◎と

59 溶《と》く、溶《と》かす、溶《と》ける

三個詞的漢字都寫作溶字，都含有溶化的意思，但自他動詞的對應關係不同，適用的場合也不同。

1 とく（溶《と》く）（他、五）

表示溶化油畫的顏料、砂糖、洗衣粉等粉狀的東西。

● 絵具《えのぐ》・砂糖《さとう》・粉《こな》せっけん・薬《くすり》を溶《と》く。

／溶化顏料・糖・洗衣粉・藥。

● 絵具《えのぐ》を油《あぶら》で溶《と》いて繪《え》を描《か》く。

／用油溶化顏料來畫畫。

● 薬《くすり》をお湯《ゆ》に溶《と》いて使《つか》う。

／把藥用水化開後服用。

● のりが濃《こ》いので水《みず》で溶《と》いて使《つか》った。
／漿糊太稠了，加點水稀釋再使用。

② とかす（溶《と》かす）（他、五）

它也表示溶化，但適用範圍比溶《と》く要廣得多。它既表示溶化、化開顏料、糖、洗衣粉以及藥品等粉狀物；也表示溶化、化開雪、冰、糖塊或金屬等固體。

● 絵具《えのぐ》・砂糖《さとう》・粉《こな》せっけん・薬《くすり》を溶《と》かす（○溶《と》く）。
／化開顏料・糖・洗衣粉・藥。

● 氷《こおり》・雪《ゆき》・あめ玉《たま》・鉄《てつ》などを溶《と》かす（×溶《と》く）
／冰・雪・糖果・鐵等溶化。

● 粉《こな》せっけんをよく水《みず》に溶《と》かして使《つか》いなさい。
／把洗衣粉泡在水裡確實融化後再使用。

● 山《やま》の上《うえ》は水《みず》がなくて氷《こおり》や雪《ゆき》を溶《と》かして使《つか》った。
／山上沒有水，所以把冰、雪融化後拿來用。

● バーナーで鉛《なまり》を融《と》かす。
／用噴熗熔化鉛。

●ガラスの原料《げんりょう》を融《と》かす。

／熔化玻璃原料。

③とける（溶《と》ける）（自。下一）

它既與他動詞溶《と》く相對應；也與溶《と》かす相對應，表示一切物體的化、溶化、融化。

●粉《こな》せっけんが溶《と》けてから洗濯《せんたく》します。

／把洗衣粉溶化了之後再洗衣服。

●雪《ゆき》がすっかり溶《と》けてしまった。

／雪全融了。

●暖《あたた》かくなったので、氷《こおり》がどんどん溶《と》けていく。

／天氣變暖和了，冰很快地消融。

●鉛《なまり》は熱《ねっ》すると、溶《と》ける。

／鉛一加熱就融化。

●金銀《きんぎん》は千度《せんど》ぐらいの熱《ねつ》に溶《と》ける。

／在一千度左右的高溫下可融化金與銀。

歸納起來，三者的相互對應關係大致如下：

溶《と》く（他）　砂糖《さとう》を～。
溶《と》かす（他）　金銀《きんぎん》を～。
溶《と》ける（自）　砂糖《さとう》が～。
金銀《きんぎん》が～。
對應　對應

60 とどまる、とどめる

1 とどまる（留《とど》まる、止《とど》まる）（自、五）

1表示停留，即人或車、船等停止後的靜止狀態，也就是停留在某處、某一點，暫時不再移動。

● 一行《いっこう》は現地《げんち》に三日間《みっかかん》留《とど》まって京都《きょうと》へ向《む》かった。
／一行人在當地停留了三天，就往京都去了。

● あの船《ふね》はこの港《みなと》に二日間《ふつかかん》留《とど》まることになっている。
／那艘船預計在這個碼頭停留兩天。

● 彼《かれ》はやはり現職《げんしょく》に留《とど》まっている。
／他果然還是停留在現在的崗位上。

有時用於時間，表示時間的停留。

● 時《とき》は一刻《いっこく》も止《とど》まることなく過《す》ぎて行《い》った。

／時間一刻不停地走著。

2 構成慣用型～に止《とど》まる來用，表示止於…、限於…。

● 損害《そんがい》は百万円程度《ひゃくまんえんていど》に止《とど》まった。

／損害止血在一百萬日元。

● 洪水《こうずい》の被害《ひがい》は二千戸程度《にせんこていど》に止《とど》まる模様《もよう》だ。

／遭到洪水侵襲的受災戶停在兩千戶左右。

● 今度《こんど》の事故《じこ》で死《し》んだ乗客《じょうきゃく》は百人《ひゃくにん》に止《とど》まらなかった。

／在這次的事故中，死亡的乘客不只一百人。

② とどめる（留《とど》める、止《とど》める）（他、下一）

它是自動詞止《とど》まる相對應的自動詞。

1 與止《とど》まる1-1的用法相對應，表示使人、車、船等停留在某地。即留下、留。

● 一行《いっこう》を三日間《みっかかん》現地《げんち》に留《とど》めた。

／留下一行人在當地待了三天。

● 妻子《さいし》を故郷《ふるさと》に留《と》めだ。
／把妻子、兒女留在家鄉。
● 展示品《てんじひん》の前《まえ》にしばらく足《あし》を留《と》めて見入《みい》った。
／在展示品前停下了腳步，看得出神。
● 時間《じかん》を留《と》めることはできない。
／時間是留不住的。

2 與止《と》まる1-2用法相對應，構成慣用型～に止《と》める，表示使…止於…、使…限於…、僅…、只…。

● 工事《こうじ》の予算《よさん》を一兆円以内《いっちょうえんいない》に止《と》めねばならない。
／必須使工程的預算控制在一兆日元以內。
● 労働組合《ろうどうくみあい》は要求《ようきゅう》を経済方面《けいざいほうめん》に止《と》めた。
／工會僅在經濟方面提出了提案。
● ここでは大略《たいりゃく》を述《の》べるに止《と》める。
／在此只講個大概而已。

61 とまる、とめる

1 とまる（止《と》まる、留《と》まる）（自、五）

1 表示停、停止，即人或東西從動到不動的變化。它的動作主體多是物品，也可以是人。

● 行進《こうしん》が止《と》まった。

／隊伍停止了前進。

● 車《くるま》が玄関《げんかん》の前《まえ》に止《と》まった。

／車子停在大門的前面。

● 時計《とけい》が止《と》まって時間《じかん》がわからなかった。

／錶停了，不知道現在是什麼時間。

● 停電《ていでん》して工場《こうじょう》の機械《きかい》がみな止《と》まった。

／停電了，工廠的機器都停下來了。

● 配管工事《はいかんこうじ》で水道《すいどう》が止《と》まった。

／由於鋪設管線工程所以停水了。

● おかしくて笑《わら》いが止《と》まらなかった。

／太滑稽了忍不住笑個沒完。

2 表示某種東西被釘在某個地方。

● 釘《くぎ》で留《と》まっている。

／用釘子釘著。

3 引申用於抽象比喻，用目《め》に留《と》まる、耳《みみ》に留《と》まる分別表示看到、聽到。

● 白《しろ》いハンカチが目《め》に留《と》まった。

／看到了一塊白色手帕。

● あの人《ひと》の声《こえ》が耳《みみ》に留《と》まっていて離《はな》れない。

／他的聲音一直在我耳畔繚繞。

4 表示鳥、蟲抓住某種東西落腳。

● 鳥《とり》が屋根《やね》に留《と》まっている。

／鳥兒停在屋頂上。

● 蝶々《ちょうちょう》が花《はな》に留《と》まっている。

／蝴蝶停在花朵上。

②とめる（止《と》める、留《と》める）（他、下一）

它是與自動詞止《と》まる相對應的他動詞。

1 與止《と》まる1-1的用法相對應，表示使人或某種活動停、下來。

● 外出《がいしゅつ》を止《と》める。

／禁止他外出。

● ブレーキをかけて列車《れっしゃ》を止《と》めた。

／踩剎車，將列車停住。

● 赤電燈《あかでんとう》は車《くるま》を止《と》めた。

／紅燈讓車子停了下來。

● モーターを止《と》めて惰力《だりょく》で走《はし》る。

／關掉馬達靠著慣性前進。

● ダムを築《きず》いて水流《すいりゅう》を止《と》める。

／修築大壩以攔住水流。

● 注射《ちゅうしゃ》は痛《いた》みを止《と》めた。

／打針止痛。

2與止《と》まる1-2的用法相對應，表示將某種東西釘在某一地方。

● 写真《しゃしん》を画鋲《がびょう》で壁《かべ》に止《と》めた。

／用圖釘把照片釘在牆上。

● 板《いた》は釘《くぎ》を打《う》って止《と》めてある。

／用釘子固定木板。

3與留《と》まる1-3的用法相對應，表示聽到、看到、注意到等，或適當地譯成中文。

● 人《ひと》の噂《うわさ》を耳《みみ》に留《と》めた。

／聽到了人們的流言。

● 心《こころ》に留《と》めて見《み》る。

／留心看。

● それを気に留《と》めないでください。

／請不要在意！

4表示將某人留下，不讓他回去。留《と》まる沒有此用法。

● 帰《かえ》ると言《い》ったが、まだいいでしょうと言《い》って留《と》めた。

／他說要回去了，我說還早吧，把他留了下來。

它沒有與留《と》まる1-4相對應的用法，這是因為鳥、蟲的落腳與否人是左右不了。因此下面的說法是不通的。

×蝶々《ちょうちょう》を花《はな》に止《と》めた。

62 とらえる、とらまえる、とらわれる

1 とらえる（捕《と》える）（他、下一）

1 表示把企圖逃走的人或逃走的動物捉住。

● もう犯人《はんにん》を捕《と》えた。

／已經捉到犯人了。

● 巡査《じゅんさ》が泥棒《どろぼう》を捕《と》えた。

／警察捉住了小偷。

● 網《あみ》で魚《さかな》をたくさん捕《と》えた。

／用魚網捉了許多魚。

● 夏《なつ》になると、子供《こども》たちはよく蝉《せみ》やとんぼを捕《と》えて遊《あそ》ぶ。

／每到夏天，小孩子們經常捉蟬、蜻蜓來玩。

2表示用手抓住某種東西。

● 袖《そで》を捕《とら》えて離《はな》さない。
／抓住袖子不放。

● 川《かわ》に落《お》ちた子供《こども》の洋服《ようふく》の端《はし》を捕《とら》えて助《たす》けた。
／抓住落水孩子的衣角，把他救了起來。

3引申用於抽象比喻，表示捕捉、掌握外界的事物。

● 怪電波《かいでんぱ》を捕《とら》える。
／捕捉可疑的訊號。

● 敵機《てっき》の機影《きえい》を捕《とら》える。
／捕捉敵機的踪影。

● 言《い》い出《だ》す機会《きかい》を捕《とら》えられなかった。
／找不到機會講。

● 事件《じけん》の真相《しんそう》を捕《とら》えて新聞《しんぶん》に発表《はっぴょう》する。
／捕捉事件的真相，在報紙上發表。

●よく読《よ》んで文章《ぶんしょう》の意味《いみ》を正《ただ》しく捕《とら》えなければならない。

／必須仔細地閱讀，正確地掌握文章的意思。

② とらまえる（捕《とら》まえる）（他、下一）

它實際上是將捕《とら》える和捕《つか》まえる混合在一起的新詞，含義、用法與捕《とら》える大致相同。

③ とらわれる（捕《とら》われる、囚《とら》われる）（自、五）

它是與捕《とら》える相對應的自動詞，含有捕《とら》えられる（被動）的意思。

1 與捕《とら》える1-1的用法相對應，表示被捉住、被捕。

●彼《かれ》は官憲《かんけん》の手《て》に捕《とら》われた。

／他被政府當局捉住了。

●捕《とら》われてから、もう三年《さんねん》だった。

／被捕以後，已經過了三年。

2 寫作囚《とら》われる，表示受舊的思想、習慣拘束。相當於受到束縛、拘束、拘泥。

●先入観《せんにゅうかん》に囚《とら》われてはいけない。

／不要被先入為主的觀念捆綁。

●ついに固定概念《こていがいねん》に囚《とら》われてしまった。

／還是被既定觀念給限制住了。

●古《ふる》い学説《がくせつ》に囚《とら》われていては進歩《しんぽ》がない。

／拘泥於舊的學說，是不會有進步的。

它沒有捕《とら》える 1-2 1-3 的用法，因此下面的說法是錯的。

×袖《そで》を捕《とら》われて逃《に》げられない。

×怪電波《かいでんぱ》が捕《とら》われた。

◎な

63 なおす、なおる

1 なおす（直《なお》す）（他、五）

1 表示改正缺點、錯誤；修改毛病。

● 誰《だれ》でも欠点《けってん》があるから、直《なお》せばいい。
／誰都有缺點，改過就好。

● 文章《ぶんしょう》の間違《まちが》いを直《なお》す。
／修改文章中的錯誤。

2 表示使某種東西恢復原來的狀態，如修理機器、治療疾病等。

● この時計《とけい》を直《なお》してもらいます。
／將這支錶修一修。

● 病気《びょうき》を直《なお》してから旅《たび》に出《で》た。
／病好了就去旅行。

②なおる（直《なお》る）（自、五）

它是與直《なお》す相對應的自動詞。

1 與直《なお》す 1-1 的用法相對應，表示缺點、錯誤改、改正過來；毛病改過來。

● 悪《わる》い癖《くせ》が直《なお》った。
／已經改掉了壞毛病。

● 文章《ぶんしょう》の間違《まちが》いが直《なお》っている。
／文章的錯誤已經修改了。

2 與直《なお》す 1-2 的用法相對應，表示機器等修理好了、病治好了。

● 壊《こわ》れたラジオが直《なお》った。
／壞掉的收音機已經修好了。

● 病気《びょうき》が直《なお》ってよかった。
／病好了，真是太好了！

64 ながれる、ながす

[1]ながれる（流《なが》れる）（自、下一）

1 表示液體的東西流、流動。這時的主語多是水或其他液體的東西。

● 小《ちい》さな川《かわ》が流《なが》れている。
／小河流著。

● 谷《たに》に降《お》りてみると、冷《つめ》たい水《みず》がちょろちょろと流《なが》れている。
／到山谷下一看，一股冰冷的水潺潺地流著。

● タンクから漏《も》れた油《あぶら》が地面《じめん》を伝《つた》って流《なが》れる。
／油罐漏出的油，順著地面流。

● 背中《せなか》を伝《つた》って汗《あせ》が流《なが》れる。
／汗順著背脊流下來。

它雖是自動詞，但表示流經某一定方、某一場所時，要用～を流《なが》れる、表示流經某一地方、場所。

● 川《かわ》が町《まち》の中《なか》を流《なが》れている。

／河流穿過城市中間。

2 表示飄浮在水裡的其他物體流動。這裡的主語則是某一物體。

● 氷山《ひょうざん》が流《なが》れている。

／冰山漂流著。

● 大雨《おおあめ》で橋《はし》が流《なが》れた。

／因為大雨，橋被沖走了。

這時也可以用～を流《なが》れている表示流經的場所、地方。

● 沈没船《ちんぼつせん》のガソリンが海面《かいめん》を流《なが》れている。

／沈船的漏油在海面上飄流著。

3 用於抽象比喻，表示某種消息流傳、傳播、聲音傳來。

● 隣《とな》りからピアノの音《おと》が流《なが》れてくる。

／從附近傳來鋼琴的聲音。

● その噂《うわさ》が町《まち》に流《なが》れている。

／那傳聞在鎮上傳開了。

● 試験《しけん》の問題《もんだい》が事前《じぜん》に流《なが》れたらしい。

／考題好像在考前就洩露了。

2 ながす（流《なが》す）（他、五）

是與自動詞流《なが》れる相對應的他動詞。

1 與流《なが》れる 1-1 的用法相對應，表示使…流，可譯作中文的放、流等。

● 汚水《おすい》を溝《みぞ》に流《なが》した。

／將髒水排到髒水溝裡了。

● 多《おお》くの工場《こうじょう》は有害《ゆうがい》の廃水《はいすい》を海《うみ》に流《なが》している。

／許多工廠把有害的廢水排放到海裡。

● みんなは汗《あせ》を流《なが》して働《はたら》いている。

／大家流着汗辛勤地工作。

2 與流《なが》れる 1-2 的用法相對應，表示使某種物體飄在水上。可譯作國語的放、沖等。

● 祭《まつ》りの日《ひ》には人々《ひとびと》は湖面《こめん》に燈籠《とうろう》を流《なが》します。

／慶典的日子，人們會在湖面上放燈籠。

● 洪水《こうずい》が橋《はし》を流《なが》しました。

／洪水把橋沖走了。

3與流《なが》れる1-3的用法相對應，表示傳播某種消息、播放某種聲音。

● 入場式《にゅうじょうしき》が始《はじ》まったら、行進曲《こうしんきょく》を流《なが》します。

／入場儀式開始，播放進行曲。

● 毎晩《まいばん》七時《しちじ》にニュースを流《なが》します。

／每晚七點播放新聞。

● 誰《だれ》かが受験生《じゅけんせい》に入試《にゅうし》情報《じょうほう》を流《なが》したらしい。

／不知是誰向考生洩露了入學考試的試題。

65 なくす、なくなる

1 なくす（無《な》くす）（他、五）

1表示有意識地使某些抽象事物從有變成無。大致相當於國語的弄掉、去掉、改掉、消滅。

●悪《わる》いくせを早《はや》く無《な》くそうとしている。
／我想早一點改掉這壞毛病。
●世界《せかい》から戦争《せんそう》を無《な》くそう。
／讓戰爭從世界上消失吧！
●緑地帯《りょくちたい》を無《な》くしてはよくない。
／綠地流失不是件好事。
●できるだけ無駄《むだ》を無《な》くそう。
／儘量改掉浪費的習慣吧！

2表示無意識地喪失了具體的事物（個別時候是抽象事物）；或人死去。相當於國語的丟失、失去或死去。

●電車《でんしゃ》の中《なか》で財布《さいふ》を無《な》くした。
／在電車裡丟了錢包。
●万年筆《まんねんぴつ》を無《な》くさないように。
／小心不要把鋼筆弄丟了！
●田中《たなか》のじいさんは地震《じしん》で二人《ふたり》の子供《こども》を無《な》くした。
／田中老爺爺由於地震失去了兩個孩子。

● 事業《じぎょう》に失敗《しっぱい》してから、彼《かれ》はまったく、自信《じしん》を無《な》くした。

／他事業失敗後，完全失去了自信。

● 年取《としと》ってから記憶《きおく》まで無《な》くした。

／上了年紀連記性都沒了。

②なくなる（無《な》くなる）（自、五）

與他動詞無《な》くす相對應的自動詞。

1 與無《な》くす 1-1 的用法相對應，但用無《な》くなる則表示無意識地失去了某種抽象的東西。相當於國語的沒有、消滅。

● 悪《わる》いくせが無《な》くなった。

／壞毛病改掉了。

● 世《よ》の中《なか》では戦争《せんそう》は無《な》くなることはない。

／這個世界上戰爭是無法消失的。

● あの都市《とし》で緑地帯《みどりちたい》が無《な》くなった。

／那個都市的綠地都消失了。

2與無《な》くす1-2的用法相對應，也表示無意識地失掉了某種東西或死了某個人。相當於中文的弄丟、死去。

● 電車《でんしゃ》の中《なか》で財布《さいふ》が無《な》くなった。
／在電車上弄丟了錢包。

● 田中《たなか》のじいさんのところでは地震《じしん》で二人《ふたり》の子供《こども》が無《な》くなった。
／田中爺爺在地震中失去兩個孩子。

● 彼《かれ》にはもう自信《じしん》が無《な》くなった。
／他已經失去了自信。

● おじいさんは記憶《きおく》まで無《な》くなった。
／爺爺連記憶都喪失了。

66 なれる、ならす

1 なれる（慣《な》れる、馴《な》れる）（自、下一）

一般用來講人時用慣《な》れる，講其他動物時，用馴《な》れる。

1寫作慣《な》れる，表示人或身體對別人某種情況、事物習慣了。可譯作中文的慣、熟、習慣。

● 私《わたし》はこの土地《とち》の暑《あつ》さにだんだん慣《な》れてきた。
／我對這個地方的炎熱漸漸習慣了。

● 彼《かれ》にはもう新《あたら》しい仕事《しごと》に慣《な》れた。
／他對新的工作熟悉了。

● 子供《こども》たちは新《あたら》しい先生《せんせい》に慣《な》れた。
／孩子們對新老師已經熟悉了。

● 体《からだ》が寒《さむ》さに慣《な》れた。
／身體已經習慣了寒冷。

● 耳《みみ》が日本語《にほんご》に慣《な》れた。
／耳朵已經習慣日語了。

2寫作馴《な》れる，表示某些動物被人馴服了。

● その犬《いぬ》がもううちの人《ひと》に馴《な》れた。
／那隻狗對家裡的人已經熟悉了。

● 馴《な》れたライオンだから、人《ひと》に噛《か》み付《つ》くことはない。

／那隻獅子已經被馴服了，所以不會咬人。

[2] ならす（慣《な》らす、馴《な》らす）（他、五）

它是與自動詞慣《な》れる相對應的他動詞。動作對象是人或人身體的一部分時用慣《な》らす；動作對象是其他動物時用馴《な》らす。

1 寫作慣《な》らす，與慣《な》れる的用法相對應，表示使人或人的身體一部分習慣於…。可譯作使…習慣、使…適應。

● 体《からだ》を寒《さむ》さに慣《な》らす。

／使身體適應寒冷。

● 宇宙飛行士《うちゅうひこうし》を無重力状態《むじゅうりょくじょうたい》に慣《な》らす。

／使太空人適應無重力狀態。

● 登山《とざん》をするのは、足《あし》を慣《な》らすのが大変《たいへん》だ。

／爬山最辛苦的就是讓兩腿適應了。

● 舌《した》を日本語《にほんご》の発音《はつおん》に慣《な》らす。

／使舌頭習慣日語的發音。

2寫作馴《な》らす，與馴《な》れる 1-2的用法相對應，表示馴服某種動物。

● ライオンを馴《な》らす。

／馴獅。

● 犬《いぬ》を馴《な》らす。

／馴狗。

儘管慣《な》らす是與慣《な》れる相對應的他動詞，但有時只能用慣《な》れる，而不能使用與它相對應的他動詞慣《な》らす。例如：

● 子供《こども》たちが新《あたら》しい先生《せんせい》に慣《な》れた。

／孩子們熟悉了新老師。

×子供《こども》たちを新《あたら》しい先生《せんせい》に慣《な》らした。

● 靴《くつ》が足《あし》に慣《な》れた。

／鞋子合腳了。

×靴《くつ》を足《あし》に慣《な》らした。

67 ならぶ、ならべる

1 ならぶ（並《なら》ぶ）（自、五）

1 表示排列成行。主語多是人。

● 生徒《せいと》が校庭《こうてい》に並《なら》んでいる。
／學生排列在校園裡。

● 二人《ふたり》は並《なら》んで座《すわ》っている。
／兩個人併排坐著。

● 一列《いちれつ》に並《なら》んで買《か》いなさい。
／請排隊購買！

2 表示技術、力量與…相比、匹敵。

● 彼《かれ》の技術《ぎじゅつ》には並《なら》ぶものはない。
／在技術上沒有人能和他相比。

● 日本語《にほんご》ではクラスの中《なか》であの人《ひと》に並《なら》ぶものはない。
／在我們班上，日語沒有人比他厲害。

2 ならべる（並《なら》べる）（他、下一）

它是與自動詞並《なら》ぶ相對應的他動詞。

1 與並《なら》ぶ 1-1 的用法相對應，但這時的動作對象即受詞與並《なら》ぶ不同，多是物，表示將某種東西排、排列起來。

● 机《つくえ》をちゃんと並《なら》べなさい。

／把桌子整整齊齊地擺好！

● 本《ほん》を本棚《ほんだな》に並《なら》べた。

／將書擺在書架上。

● 友《とも》だちと机《つくえ》を並《なら》べて勉強《べんきょう》している。

／和朋友併桌一起讀書。

● 生徒《せいと》を四列《よんれつ》に並《なら》べて人数《にんずう》を調《しら》べる。

／把學生排成四列清點人數。

儘管最後一句它用了並《なら》べる，但一般來說動作對象即受詞是人時，多用並《なら》ぶ的使役形態即並《なら》ばせる，表示讓人們排隊，而很少用並《なら》べる。

●学生を一列《いちれつ》に並《なら》ばせて点呼《てんこ》をする。

／讓學生排成一列點名。

2表示將兩種東西並列在一起加以比較。實際上，它是與自動詞並《なら》ぶ1-2相對應的用法，只是構成的慣用型不同：並《なら》ぶ常用~に並《なら》ぶものはない。而並《なら》べる則沒有此限。

●二《ふた》つを並《なら》べてみると、大《おお》きさがまるで違《ちが》うものだ。

／把兩個東西比較一下，大小完全不同。

3用於抽象比喻，表示一個個地擺出某些言論、說法，可譯作羅列、列舉。

●証拠《しょうこ》・理由《りゆう》・不平《ふへい》を並《なら》べる。

／列舉證據・理由・不滿。

●事実《じじつ》を並《なら》べて相手《あいて》に反駁《はんばく》する。

／列舉事實來反駁對方。

◎に

68 にげる、にがす

1 にげる（逃《に》げる）（自、下一）

1 表示人或其它動物逃、逃走。

● 泥棒《どろぼう》が逃《に》げた。
／小偷逃跑了。

● 犯人《はんにん》はタクシーで逃《に》げた。
／犯人搭計程車逃跑了。

● 小鳥《ことり》が鳥籠《とりかご》から逃《に》げてしまった。
／小鳥從鳥籠裡逃走了。

● 繋《つな》いであった犬《いぬ》が逃《に》げた。
／被拴著的狗逃走了。

它雖是自動詞，但也可以用～を逃《に》げる，表示逃離某一地點、場所。

● 彼《かれ》はうまく理由《りゆう》をつけてその場《ば》を逃《に》げる。

／他巧妙地找個理由，逃離了那個地方。

2引申用於抽象比喻，表示人逃避、躲避自己討厭的事情。他也可以用～を逃《に》げる，表示離開、逃避某種事情。

● 君《きみ》は難《むずか》しい任務《にんむ》を逃《に》げているね。

／你總是在逃避複雜的工作呢！

● あの男《おとこ》はその仕事《しごと》を逃《に》げているようだ。

／他好像在躲避那份工作。

②にがす（逃《に》がす）（他、五）

它是與自動詞逃《に》げる相對應的他動詞，含有使…的意思。

1與逃《に》げる1-1的用法相對應，表示讓…跑掉，即將人或動物放走、使逃走。

● しばらく追《お》いかけたが、泥棒《どろぼう》をとうとう逃《に》がしてしまった。

／我追了一陣子，還是讓小偷跑掉了。

●警察《けいさつ》の油断《ゆだん》で犯人《はんにん》を逃《に》がした。

／由於警察的疏忽，讓犯人跑掉了。

●小鳥《ことり》を捕《つか》まえたが、かわいそうなので、逃《に》がしてやった。

／抓到了小鳥，可是覺得牠很可憐，又把牠放了。

2 引申用於抽象比喻，表示使某種機會跑掉，即錯過機會。逃《に》げる沒有和它相對應的用法。

●いいチャンスを逃《に》がしてしまった。

／錯過了一個好機會。

●この機会《きかい》を逃《に》がさないで、よく勉強《べんきょう》しなさいよ。

／不要錯過這個機會，好好用功啊！

由於逃《に》げる沒有此用法，因此下面的說法是不通的。

×いい機会《きかい》が逃《に》げた。

另外它沒有逃《に》げる1-2的用法，因此下面的說法是不通的。

×あの男《おとこ》はその仕事《しごと》を逃《に》がしているようだ。

69 にごる、にごす、にごらす

三詞的漢字都寫作濁字，其中濁《にご》る是自動詞，濁《にご》す、濁《にご》らす是他動詞，適用的場合不同。

1 にごる（濁《にご》る）（自、五）

1 表示水、空氣等液體、氣體混濁、混雜。

● この井戸《いど》の水《みず》は濁《にご》っているから、飲《の》まない方《ほう》がいい。

／這口井的水很混濁，還是別喝得好。

● 黄《こう》河《が》の水《みず》はいつもそんなに濁《にご》っているのだ。

／黄河的水始終都是那麼混濁。

● たばこの煙《けむり》で部屋《へや》の空気《くうき》が濁《にご》った。

／菸味使得房間裡的空氣變得汙濁。

2 引申用於抽象比喻，表示人的精神、心術不正、不純潔、骯髒、汙濁。

● あいつは心《こころ》の濁《にご》った人間《にんげん》だ。

／他是個心術不正的人。

● 濁《にご》った世《よ》の中《なか》に生《い》きてゆくのは難《むずか》しい。

／要在這骯髒的社會生活下去真不容易。

3 用於日語語言學方面，表示濁音。

● 作《つく》った話《はなし》は「つくりばなし」と濁《にご》って発音《はつおん》してください。

／日語中的「つくりはなし」要讀成濁音，「つくりばなし」才對。

2 にごす（濁《にご》す）（他、五）、にごらす（濁《にご》らす）（他、五）

濁《にご》らす是由自動詞濁《にご》る的未然形後接使役助動詞せる，構成濁《にご》らせる變化而來的，它與濁《にご》す的意思、用法相同，都是與自動詞濁《にご》る相對應的他動詞，含有使…的意思。

1 與濁《にご》る 1-1 的用法相對應，表示使水、空氣等液體、氣體變混濁、弄汙濁。

● かき回《まわ》して池《いけ》の水《みず》を濁《にご》した（○濁《にご》らした）。

／不斷攪動，把池塘水都弄濁了。

● 汚《きたな》い排水《はいすい》を出《だ》して川《かわ》の水《みず》を濁《にご》した（○濁《にご》らした）。

／排出汙水把河川弄髒了。

● 二三人《にさんにん》もたばこを吸《す》っているから、部屋《へや》の空気《くうき》をすっかり濁《にご》した（○濁《にご》らした。）

／兩三個人都在抽菸，把房間裡的空氣搞得很糟糕。

2 引申用於抽象比喻，慣用語言葉《ことば》を濁《にご》す或言葉《ことば》を濁《にご》らす，表示含糊其辭。

● 何《なに》を聞《き》いても、彼《かれ》は言葉《ことば》を濁《にご》して（言葉《ことば》を濁《にご》らして）はっきり答《こた》えなかった。

／無論問什麼，他都含糊其辭，不明確回答。

◎ ぬ

70 ぬかる、ぬける、ぬく、ぬかす

四個詞的漢字都寫作抜字，其中抜《ぬ》かる、抜《ぬ》ける是自動詞；抜《ぬ》く、抜《ぬ》かす是他動詞，但含義不同，自他動詞的對應關係複雜。

1 ぬかる（抜《ぬ》かる）（自、五）

表示疏忽大意或大意出差錯。沒有與它相對應的他動詞。

● 一番大事《いちばんだいじ》な点《てん》が**抜《ぬ》かって**いた。
／最重要的一點疏忽了。

● それを知《し》らなかったのは確《たし》かに**抜《ぬ》かって**いた。
／不知道那件事，的確是疏忽了。

● 相手《あいて》は強《つよ》いぞ。みんな**抜《ぬ》かる**な。
／對手很厲害喔！大家可不要疏忽大意啊！

用慣用語抜《ぬ》からぬ顔《かお》表示毫不含糊的樣子或裝作不知情的樣子。

● 知《し》っているのに抜《ぬ》からぬ顔《かお》をしている。

／知道卻佯裝不知情。

2 ぬける（抜《ぬ》ける）（自、下）

1 表示某種東西從它應該在的地方掉、脱落或跑掉。

● 歯《は》が抜《ぬ》けた。

／牙齒掉了。

● 髪《かみ》の毛《け》が抜《ぬ》けた。

／頭髮掉了。

● 釘《くぎ》が抜《ぬ》けて机《つくえ》が壊《こわ》れた。

／釘子脱落桌子壞了。

● タイヤの空気《くうき》が抜《ぬ》けた。

／輪胎漏氣了。

● このビールは気《き》が抜《ぬ》けている。

／這罐啤酒沒氣了。

2表示書刊、文字有遺漏、漏、掉。

● 「平《へい》」の下《した》に「和《わ》」という字《じ》が抜《ぬ》けている。

／在「平」字下面漏了一個「和」字。

● この本《ほん》は二《に》ページ抜《ぬ》けている。

／這本書漏了兩頁。

作為慣用語，用腰《こし》が抜《ぬ》ける，表示因驚慌失措而直不起腰，大致相當於中文的癱軟。

● 驚《おどろ》いて腰《こし》が抜《ぬ》けた。

／嚇得癱軟了。

3表示離開、退出某一場所、地方。

● 彼《かれ》は共同作業《きょうどうさぎょう》から抜《ぬ》けた。

／他離開了那個大家一起工作的地方。

● 忙《いそが》しくて会社《かいしゃ》から抜《ぬ》けられない。

／忙得離不開公司。

4表示通過某一場所、地方。它雖是自動詞，但可以用～を抜《ぬ》ける表示通過某一地點。

● 汽車《きしゃ》はトンネルを抜《ぬ》けて海岸《かいがん》に出《で》た。

／火車穿過隧道，來到了海濱。

● 一行《いっこう》は森《もり》を抜《ぬ》けて小川《おがわ》の畔《ほとり》に出《で》た。

／一行人穿過樹林，來到了小河邊。

③ ぬく（抜《ぬ》く）（他、五）

它是與自動詞抜《ぬ》ける相對應的他動詞。

1 與抜《ぬ》ける2-1的用法相對應，表示將某種東西拔、拔掉、拔出。

● 虫歯《むしば》を抜《ぬ》く。／拔蛀牙。

● 打《う》ってある釘《くぎ》を抜《ぬ》く。

／拔下釘著的釘子。

● タイヤの空気《くうき》を抜《ぬ》く。

／放掉輪胎裡的氣。

2 表示後者超過前者。抜《ぬ》ける沒有和它相對應的用法。

● マラソングで二人《ふたり》を抜《ぬ》いて一等《いっとう》をとった。

／賽跑時追過兩個人得了第一。

● 前《まえ》にいる車《くるま》を抜《ぬ》いて走《はし》る。

／超過前面的車子往前開。

它沒有與自動詞抜《ぬ》ける 2-2 2-3 2-4 用法相對應的用法。

4 ぬかす（抜《ぬ》かす）（他、五）

它是與自動詞抜《ぬ》ける 2-2 的用法相對應的他動詞，表示把文字等遺漏、漏掉。

● 三行目《さんぎょうめ》の始《はじ》めのところで、「平《へい》」の字《じ》の下《した》に「和《わ》」という字《じ》を抜《ぬ》かした。

／在第三行的開頭，「平」字下面漏了「和」字。

● 原稿《げんこう》を写《うつ》すとき一行《いちぎょう》抜《ぬ》かした。

／在抄寫原稿的時候，漏抄了一行。

作為慣用語，用腰《こし》を抜《ぬ》かす表示因驚慌失措而直不起腰，變得癱軟。

● 驚《おどろ》いてすっかり腰《こし》を抜《ぬ》かした。

／嚇得癱軟了。

上述四詞的自他關係，歸納起來，大致如下：

抜《ぬ》かる（自）　大事《だいじ》な点《てん》は～ていた。

抜《ぬ》ける（自）　2-1 歯《は》が～た。
　　　　　　　　　腰《こし》が～た。
抜《ぬ》く（他）　3-1 歯《は》を～。
抜《ぬ》かす（他）　　腰《こし》を～。

對應　對應

沒有自動詞抜《ぬ》ける 2-3 2-4 的他動詞用法。
沒有他動詞抜《ぬ》く 3-2 的自動詞用法。

71 ぬぐ、ぬげる

1 ぬぐ（脱《ぬ》ぐ）（他、五）

表示脱掉、脱下身上穿的衣服或帽子、鞋子、襪子等。

● 洋服《ようふく》・背広《せびろ》・シャツ・オーバーを脱《ぬ》ぐ。
／脱下衣服・西裝・襯衫・大衣。

● ズボン・パンツ・帽子《ぼうし》・靴下《くつした》・靴《くつ》を脱《ぬ》ぐ。
／脱下褲子・短褲・帽子・襪子・鞋子。

也表示動物脱皮、脱殼。

● セミが殻《から》を脱《ぬ》ぐ。

／蟬脫殼。

● 蛇《へび》が皮《かわ》を脱《ぬ》ぐ。

／蛇脫皮。

也構成慣用語來用。

● 兜《かぶと》を脱《ぬ》ぐ。

／認輸、投降。

● 一肌《ひとはだ》脱《ぬ》ぐ。

／助人一臂之力，幫人一把。

2 ぬげる（脱《ぬ》げる）（自、下一）

它是由他動詞脱《ぬ》ぐ未然形後接可能助動詞れる構成的脱《ぬ》がれる變化而來的自動詞，仍含有可能的意思。它是與他動詞脱《ぬ》ぐ相對應的自動詞，表示衣服、鞋子等自然掉下或能夠脫下。

● 靴《くつ》が大《おお》きいので、すぐ脱《ぬ》げる。

／鞋子很大，很快就掉了。

● このセーター一はなかなか脱《ぬ》げない。

／這件毛衣很不好脫。

也可以用來表示脫殼、脫皮。

●セミの殻《から》が脱《ぬ》げた。

／蟬脫了殼。

●蛇《へび》は皮《かわ》を脱《ぬ》げた。

／蛇脫了皮。

並沒有兜《かぶと》を脱《ぬ》げる、一肌《ひとはだ》脱《ぬ》げる的用法。

◉ ね

72 ねる、ねかす

1 ねる（寝《ね》る）（自、下一）

1表示人躺下、睡覺**，或因有病**躺下、臥床**。**

● 子供《こども》はまだ寝《ね》ている。
／孩子還在睡。

● 早《はや》く寝《ね》て、早《はや》く起《お》きるのはいい習慣《しゅうかん》だ。
／早睡早起是好習慣。

● 風邪《かぜ》をひいて寝《ね》ている。
／患了感冒躺著休息。

● お医者《いしゃ》さんの言《い》いつけた通《とお》り寝《ね》ている。
／按照醫生的吩咐休息。

2表示商品累積、滯銷，或資金屯放。

●寝《ね》ている品物《しなもの》を安《やす》く売《う》らなければならない。

／必須將累積的東西低價賣出去。

●金《かね》が寝《ね》ているともったいない。

／錢堆在那邊不用，太可惜了。

②ねかす（寝《ね》かす）（他、五）

它是與自動詞寝《ね》る相對應的他動詞，含有使…的意思。

1與寝《ね》る 1-1的用法相對應，表示讓人躺下、讓人臥床，或讓人睡覺。

●子守歌《こもりうた》を歌《うた》って赤《あか》ん坊《ぼう》を寝《ね》かした。

／唱搖籃曲讓嬰兒睡覺。

●早《はや》く寝《ね》かして早《はや》く起《お》こした方《ほう》がいい。

／讓他早睡早起比較好。

●怪我人《けがにん》を寝《ね》かして、静《しず》かに運《はこ》びなさい。

／讓受傷的人躺下，慢慢地抬！

值得注意的是：寝《ね》る是不能用來講某種東西橫臥著的。但寝《ね》かす的受詞可以用某種東西，表示將東西倒放。

● 本棚《ほんだな》を寝《ね》かして運《はこ》びなさい。

×本棚《ほんだな》が寝《ね》ている。

／將書架倒放搬運。

● 大《おお》きいな箪笥《たんす》だから、寝《ね》かさなくては部屋《へや》に入《はい》れない。

／是一個大衣櫃，不放倒是搬不進房間裡的。

2 與自動詞寝《ね》る1-2的用法相對應，表示囤積、累積商品，或屯積資金。

● 売《う》れないから、品物《しなもの》をたくさん寝《ね》かしている。

／因為賣不出去，累積了許多商品。

● たくさんのお金《かね》を寝《ね》かしておくのはもったいない。

／積著許多資金放著不用很可惜。

◎の

73 のこる、のこす

① のこる（残《のこ》る）（自、五）

1 表示人留在原來的地方不走。相當於國語的留下、留。

● 今日《きょう》オフィスに残《のこ》って仕事《しごと》をする。
／今天留在辦公室工作。

● 放課後《ほうかご》学校《がっこう》に残《のこ》って掃除《そうじ》をした。
／放學以後（我）留在學校打掃教室。

● 九時《くじ》まで会社《かいしゃ》に残《のこ》って働《はたら》いていた。
／九點前我都一直留在公司工作。

2 表示某種東西剩餘、剩下。

● すいかが残《のこ》っていますから、お上《あ》がりなさい。

／西瓜還有剩，你吃吧！

● 残《のこ》った御馳走《ごちそう》を冷蔵庫《れいぞうこ》に入《い》れておいた。

／將剩下的菜，放在冰箱裡了。

● 山《やま》にはまだ雪《ゆき》が残《のこ》っている。

／山上還積著雪，沒有化。

● 物価《ぶっか》が上《あ》がって、毎月稼《まいつきかせ》いだお金《かね》はちっとも残《のこ》らない。

／因為物價上漲，每個月賺的錢一點也不剩。

3用於抽象比喻，表示某種東西遺留下來、留下。

● 死後《しご》に立派《りっぱ》な名《な》が残《のこ》った。

／死後留下了美名。

● そのことはまだ記憶《きおく》に残《のこ》っていた。

／那件事還留在記憶裡。

● まだ解決《かいけつ》しなければならない矛盾《むじゅん》が残《のこ》っている。

／現在還留著必須解決的矛盾。

個別時候，也用來講留著具體的東西。

● 顔《かお》には傷跡《きずあと》が残《のこ》っている。

／在臉上留著傷疤。

2 のこす（残《のこ》す）（他、五）

它是與自動詞残《のこ》る相對應的他動詞，還有使…的意思。

1 與残《のこ》る1-2的用法相對應，表示讓某人留在原來的地方。

● 田村《たむら》は妻《つま》を故郷《ふるさと》に残《のこ》して東京《とうきょう》へ出《で》て行《い》った。

／田村把妻子留在老家，到東京去了。

● 放課後《ほうかご》学生《がくせい》を残《のこ》して大掃除《おおそうじ》をさせた。

／放學以後，留下學生大掃除。

● 労働者《ろうどうしゃ》たちを九時《くじ》まで残《のこ》して働《はたら》かせた。

／把工人留下工作到九點。

2 與残《のこ》る1-2的用法相對應，表示人們有意識地留下、剩下某種東西。

● すいかを残《のこ》さないでください。

／不要把西瓜留下來。

● 御馳走《ごちそう》を残《のこ》しておいた。

／留下了一些餐點。

● 毎月《まいつき》少《すこ》しずつお金《かね》を残《のこ》している。

／我每個月多少會存一些錢。

它很少用於自然現象，因為自然現象不是人們意識所能左右的。因此下面的說法是錯誤的。

× 山《やま》に雪《ゆき》を残《のこ》している。

3 與残《のこ》る 1-3 的用法相對應，用於抽象比喻，也表示留下。

● 彼《かれ》は死後《しご》に立派《りっぱ》な名《な》を残《のこ》した。

／他死後留下了美名。

● 大《おお》きいな功績《こうせき》を残《のこ》して死《し》んでいった。

／留下了偉大的功績死去了。

74 のびる、のばす

1 のびる（伸《の》びる、延《の》びる）（自、上一）

1 表示某種東西的長度長長，距離、時間等拉長、延長。但用於時間多寫作延《の》びる。

● 髪《かみ》の毛《け》が伸《の》びた。
／頭髮長長了。

● 夏《なつ》の暑《あつ》い時《とき》は、レールが少《すこ》し伸《の》びる。
／夏天熱的時候，鐵軌多少會長一些。

● この道《みち》は海岸《かいがん》まで伸《の》びた。
／這條路延長到了海岸。

● 春《はる》になって日《ひ》が延《の》びた。
／到了春天，白天的時間變長了。

2 表示草木或人長高。

● 昨年《さくねんう》植えた木《き》がずいぶん伸《の》びた。
／去年種的樹長了好高。

● 雨《あめ》が降《ふ》って草《くさ》が伸《の》びた。
／下了雨，草長長了。

● 弟《おとうと》は背《せ》が伸《の》びて、私《わたし》と同《おな》じような背丈《せたけ》になった。

／弟弟長高了，變得和我一樣高了。

由於草木、人的長高，不是人們意志所能左右的，因此他動詞伸《の》ばす沒有和它相對應的用法。

3表示某些東西的紋路展開，伸縮的東西拉長。

● 目《め》の皺《しわ》が伸《の》びた。

／眼角的皺紋舒展開了。

● ゴムが伸《の》びてしまったので取《と》り替《か》えなければならない。

／橡皮筋拉過長了，必須更換一下。

4引申用於抽象比喻，表示勢力擴大，能力發展等。

● 力《ちから》・国力《こくりょく》・学力《がくりょく》・能力《のうりょく》が伸《の》びる。

／力量・勢力・國力增強，學習能力・能力提高。

● 最近《さいきん》、電気器具《でんききぐ》の生産高《せいさんだか》がだいぶ伸《の》びている。

／最近家電用品的產量增加了許多。

● あの生徒《せいと》はまだまだ伸《の》びる将来性《しょうらいせい》のある子《こ》だ。

／那個學生是一個很有發展潛力的孩子。

2 のばす（伸《の》ばす、延《の》ばす）（他、五）

它是與自動詞のびる相對應的他動詞，含有使…的意思。

1 與伸《の》びる1-1的用法相對應，表示將長度、距離、時間延長、拉長。用於時間時要寫作延《の》ばす。

● 髪《かみ》の毛《け》を伸《の》ばす。
／把頭髮留長。

● バス線路《せんろ》を海岸《かいがん》まで伸《の》ばす。
／將公車的路線延長到海岸。

● 会議《かいぎ》の時間《じかん》を一時間《いちじかん》延《の》ばす。
／將會議的時間延長一小時。

2 表示將彎曲、折疊著的東西拉開、伸開。自動詞伸《の》びる沒有和它相對應的用法。

● 足《あし》を伸《の》ばす。
／伸腳。

● 体《からだ》を伸《の》ばす。
／舒展身體。

● アンテナを伸《の》ばす。

／拉長天線。

3與伸《の》びる1-3的用法相對應，表示撫平皺紋、拉開收縮的東西。

● 着物《きもの》の皺《しわ》をアイロンで伸《の》ばす。

／用熨斗熨平衣服的皺紋。

● ゴムを伸《の》ばす。

／把橡皮筋拉長。

4與伸《の》びる1-4的用法相對應，用於抽象比喻，表示擴大、發展勢力、能力等。

● 力《ちから》・国力《こくりょく》・学力《がくりょく》・能力《のうりょく》が伸《の》ばす。

／發展力量・國力・學習能力・才能。

● 科学家《かがくか》の才能《さいのう》を伸《の》ばさないと、科学《かがく》は発展《はってん》できない。

／不提昇科學家的才能，科學是不會有發展的。

75 のる、のせる

1 のる（乗《の》る、載《の》る）（自、五）

1表示有情物從低處爬、上到高處。

● 椅子《いす》の上《うえ》に乗《の》って柱《はしら》に釘《くぎ》を打《う》った。

／爬到椅子上，在柱子上釘了釘子。

● 体重計《たいじゅうけい》に乗《の》って体重《たいじゅう》を計《はか》りなさい。

／踩上體重計，量一量體重。

● その箱《はこ》の上《うえ》に乗《の》ってはいけません。

／不要爬到那個箱子上。

2表示有情物即人或其他動物乘、騎、坐交通工具等。

● 毎日電車《まいにちでんしゃ》に乗《の》って学校《がっこう》へ行《い》く。

／每天坐電車上學。

● 日本《にほん》から船《ふね》に乗《の》ってきた。

／從日本搭船回來了。

● チンパンジーは自転車《じてんしゃ》に乗《の》ることができる。

／黑猩猩會騎腳踏車。

3表示報章雜誌登載某種消息；或書籍載錄某種內容。

● 彼《かれ》の書《か》いた小説《しょうせつ》は今月号《こんげつごう》の「文芸春秋《ぶんげいしゅんじゅう》」に載《の》っている。
／他寫的小說在這個月的《文藝春秋》雜誌上刊登。

● その記事《きじ》が読売新聞《よみうりしんぶん》にも載《の》った。
／那個報導也登在《讀賣新聞》上。

● この言葉《ことば》は辞書《じしょ》にも載《の》っていない。
／這個單字並沒有收錄在字典裡。

4引申用於抽象比喻，表示和著拍子唱歌或跳舞。

● リズムに乗《の》って踊《おど》る。
／和著拍子跳舞。

● 手足《てあし》がうまくリズムに乗《の》っている。
／手腳很靈活的和著拍子。

5也是抽象比喻用法，表示乘著氣勢，即乘勢、借勢。

● 勝《か》ちに乗《の》って一気《いっき》に攻《せ》め込《こ》んだ。
／趁勢一鼓作氣攻了進去。

● 景気《けいき》の波《なみ》に乗《の》って大儲《おおもう》けをした。

／乗著景氣繁榮之勢，賺了大錢。

6 乗《の》る還含有乗《の》ることができる（能夠載）的意思。此時不用乗《の》られる。

● トラックが小《ちい》さいから、もうこれ以上《いじょう》載《の》らない（×載《の》られない）。

／卡車小，再也裝不下了。

● 詰《つ》めればもっと載《の》るだろう（×載《の》られるだろう）。

／再擠一擠，還裝得下吧。

②のせる（乗《の》せる、載《の》せる）（他、下一）

它是與自動詞乗《の》る相對應的他動詞。

1 與乗《の》る 1-1 的用法相對應，表示將某種東西往高的地方放，即放上去。

● 荷物《にもつ》を網棚《あみだな》に乗《の》せる。

／把東西放在網架上。

● この上《うえ》には何《なに》も乗《の》せないようにしてください。

／請不要在這個上面放任何東西。

2 與乗《の》る 1-2 的用法相對應，表示讓人坐車、船或將某種東西裝到車船上。

● 運転手《うんてんしゅ》はよろこんで客《きゃく》を乗《の》せた。

／司機很高興地讓客人上了車。

● そのフェリーボートは自動車《じどうしゃ》を乗《の》せる。

／那艘貨輪也運送汽車。

● 機械《きかい》を特製《とくせい》の大《おお》きいトラックに乗《の》せて運《はこ》んだ。

／把機器裝入特製的大卡車中搬運。

3與乗《の》る1-3的用法相對應，表示報章雜誌登載、刊登某項消息、記事；或書籍收錄某些內容。

● あの雑誌《ざっし》は普通《ふつう》の論文《ろんぶん》を載《の》せない。

／那本雜誌不刊登一般的論文。

● 夕刊《ゆうかん》は面白《おもしろ》い記事《きじ》を載《の》せてくれる。

／晚報刊登了有趣的報導。

4與乗《の》る1-4的用法相對應，表示使…和著拍子唱歌跳舞。但使用時機較少。

● ギターに乗《の》せて歌《うた》う。

／和著吉他唱歌。

5與乗《の》る1-5的用法相對應，用於抽象比喻，表示使…乘著氣勢等，但較少用。

● 勢《いきお》いに乗《の》せる。

／乘勢。

但沒有乗《の》る1-6的用法，即不含有可能的意思，因此要表示可能時，仍要用乗《の》せられる、乗《の》せることができる。

● トラックが小《ちい》さいから、もうこれ以上《いじょう》載《の》せられない（×載《の》せない）。

／卡車小，再也裝不下了。

● 詰《つ》めればもっと載《の》せられるだろう（×載《の》せるだろう）。

／再擠一擠，還裝得下吧。

◎は

76 はいる、いれる

1 はいる（入《はい》る）（自、五）

1 表示人或某種東西（包括具體的與抽象的）從外面進入裡面。

- 中《なか》へ入《はい》ってお茶《ちゃ》でも上《あ》がりなさい。
／請進來喝杯茶！
- このごろ、大学《だいがく》を出《で》て経済界《けいざいかい》に入《はい》る人《ひと》が多《おお》い。
／最近大學畢業進入商場的人很多。
- 電車《でんしゃ》がホームに入《はい》ってきた。
／電車進站了。
- 風《かぜ》が入《はい》らないように窓《まど》を閉《し》めなさい。
／請把窗戶關上，不要讓風吹進來。

2表示得到某種東西。相當於中文的得到、弄到手、收入。

● 彼《かれ》はアルバイトで毎月《まいつき》五万円《ごまんえん》ぐらい入《はい》ります。

／他打工每個月收入五萬日元。

● いい薬《くすり》が手《て》に入《はい》った。

／我買到了好藥。

● 新《あたら》しい情報《じょうほう》が入《はい》った。

／收到了新情報。

● そんな噂《うわさ》が耳《みみ》に入《はい》った。

／聽到了那種傳聞。

3表示進入某種狀態。

● 彼《かれ》はこんな仕事《しごと》に身《み》が入《はい》らない。

／他無法讓自己投入這份工作。

● これからこの問題《もんだい》の中心《ちゅうしん》に入《はい》る。

／現在開始進入問題的核心。

4 它含有可能的意思，因此主語是無情物時，只能用入《はい》る表示可能進去，而不用入《はい》れる。

● 大《おお》きいな鞄《かばん》なので、もっと入《はい》る。

／是一個大的手提包，還能再裝更多進去。

● 瓶《びん》の口《くち》が小《ちい》さくて入《はい》らない。

／瓶口小，裝不進去。

但主語如果是有情物，表示可能時，則要用入《はい》れる。

● 成人《せいじん》に達《たっ》したので、もうあの映画館《えいがかん》に入《はい》れる。

／因為已經成年了，可以進那家電影院。

● 穴《あな》の入《い》り口《ぐち》が狹《せま》くて、大人《おとな》は入《はい》れない。

／洞口太小，大人進不去。

上述兩個句子不能用入《はい》る和入《はい》られない。

2 いれる（入《い》れる）（他、下一）

它是與自動詞入《はい》る相對應的他動詞。

1與入《はい》る1-1用法對應，表示使人或物（具體或抽象的）從外進到裡面。相當於國語的讓…進入。

● 留守《るす》の間《あいだ》に、うちには誰《だれ》も入《い》れないようにしてください。

／我不在的時候，請不要讓任何人進到屋裡。

● 子供《こども》を慶応大学《けいおうだいがく》に入《い》れましょう。

／讓孩子進慶應大學吧。

● 部屋《へや》に風《かぜ》を入《い》れましょう。

／讓風吹進來吧！

2與入《はい》る1-2的用法相對應，表示獲得、得到某種東西。

● 彼《かれ》はアルバイトで毎月《まいつき》五万円《ごまんえん》ぐらいのお金《かね》を手《て》に入《い》れることができます。

／他打工每個月可以收入五萬日元。

● 私《わたし》もそんな噂《うわさ》が耳《みみ》に入《い》れた。

／我也聽到了那些傳聞。

3與入《はい》る1-3的用法相對應，表示進入某種狀態。

● 彼《かれ》は勉強《べんきょう》に身《み》を入《い》れていない。

／他不專心用功。

它沒有入《い》る1-4的用法，即不含有可能的意思。因此表示可能時，要用入《い》れられる。

● 大《おお》きいな鞄《かばん》だから、もっと入《い》れられる。

／是個大手提包，所以還能再裝更多。

● 瓶《びん》の口《くち》が小《ちい》さくて入《い》れられない。

／瓶口小，裝不進去。

77 はえる、はやす

1 はえる（生《は》える）（自、下一）

表示花草、樹木以及牙齒、鬍鬚等長、生長。相當於中文的生、長、生長。

● 木《き》・草《くさ》・きのこ・こけ・かびが生《は》える。

／長樹・草・蘑菇・青苔・黴。

● 歯《は》・羽《はね》・毛《け》・ひげ・髪《かみ》が生《は》える。

／長牙・羽毛・毛・鬍鬚・頭髮。

● 雑草《ざっそう》が生《は》えているから抜《ぬ》かなくてはならない。
／長了雜草，不拔是不行的。
● 沙漠《さばく》地帯《ちたい》だから、木《き》が一本《いっぽん》も生《は》えていない。
／因為是沙漠地區，一棵樹也不長。
● 風《かぜ》が通《とお》らないから、壁《かべ》にはかびが生《は》えた。
／因為不通風，牆上長了黴。
● あの男《おとこ》はひげがたくさん生《は》えている。
／那個男的長著許多鬍子。
● 牡鹿《おすしか》は成育《せいいく》すると、角《つの》が生《は》える。
／公鹿長大以後就會長角。

2 はやす（生《は》やす）（他、五）

它是與自動詞生《は》える相對應的他動詞，含有使…的意思，表示使…生長。但它的使用時機沒有自動詞生《は》える那麼廣，一般來說它的動作對象即受詞只有下面幾個。

● 草《くさ》・角《つの》・ひげを生《は》やす。
／讓草・角長起來，留鬍鬚。

而用生《は》える時，還可以用下面的說法，但不能用生《は》やす。

● 木《き》・歯《は》・羽《はね》・髪《かみ》が生《は》える。
／長樹・牙・羽毛・頭髮。

×木《き》・歯《は》・羽《はね》・髪《かみ》を生《は》やす。

● 雑草《ざっそう》を生《は》やすと、作物《さくぶつ》はもう生《は》えなくなる。
／長了雜草的話，農作物就無法生長。

● あの角《つの》を生《は》やした動物《どうぶつ》は何《なん》という動物《どうぶつ》ですか。
／那個長著角的動物叫什麼名子？

● おじいさんはひげをたくさん生《は》やしている。
／爺爺長了很多鬍鬚。

78　はがす、はぐ、はげる

三個詞的漢字都是剝字，其中剝《は》がす、剝《は》ぐ是他動詞；剝《は》げる是自動詞，都含有剝掉的意思。但自他對應的關係複雜。

1 はがす（剝《は》がす）（他、五）

表示用手或某種工具剝、剝下、揭下黏（貼、塗、釘）著的東西。

● ポスター・切手《きって》・障子紙《しょうじがみ》・膏薬《こうやく》などを剝《は》がす。
／撕下海報・郵票・拉門紙・膏藥。

● 壁《かべ》に貼《は》ってあるビラを剝《は》がす。
／揭下貼在牆上的傳單。

● ペンキを剝《は》がして新《あたら》しく塗《ぬ》る。
／刮掉油漆重刷。

引申用於抽象比喻，表示摘掉假面具。

● 仮面《かめん》を剝《は》がす。
／剝掉假面具。

2 はぐ（剝《は》ぐ）（他、五）

是他動詞，但與剝《は》がす稍有不同，主要是適用對象不同：剝《は》ぐ表示剝掉、撕掉動、植物等的皮。

● 木《き》の皮《かわ》・果物《くだもの》の皮《かわ》を剝《は》ぐ。
／剝樹皮・水果皮。

● 蟹《かに》の殻《から》・えびの殻《から》を剥《は》ぐ。

／剝螃蟹殼・蝦殼。

● 布団《ふとん》・着物《きもの》を剥《は》ぐ。

／掀被子・脫衣服。

引申用於抽象比喻，表示剝掉臉皮；撤銷官職。

● あいつの面《つら》の皮《かわ》を剥《は》いでやりたいものだ。

／我真想摘掉他的假面具。

● その事件《じけん》で彼《かれ》は官位《かんい》を剥《は》がれた。

／由於那個事件，他被撤銷了官職。

3 はげる（剥《は》げる）（自、下一）

它與他動詞剥《は》がす相對應，也是與他動詞剥《は》ぐ相對應的自動詞，含有剥《は》がされる、剥《は》がれる（被動）的意思，表示某種黏著、貼著、塗著、釘著的東西掉了，也表示動植物的表皮掉了。

● 雨《あめ》で手紙《てがみ》の切手《きって》が剥《は》げている。

／因為淋了雨，信封上的郵票掉了。

● ペンキが剥《は》げた。

／油漆掉了。

●お椀《わん》の塗《ぬ》りが剥《は》げた。

／湯碗的漆掉了。

●色《いろ》が剥《は》げた。

／掉色了。

●木《き》の皮《かわ》が剥《は》げた。

／樹皮掉了。

儘管它也與剥《は》ぐ的用法相對應，但實際上動、植物的表皮一般是不會自動掉下的，因此用剥《は》げる的時候較少。

歸納起來，三者的對應關係如下：

剥《は》がす（他）	切手《きって》・ペンキを～。
剥《は》ぐ（他）	木《き》の皮《かわ》を～。
剥《は》げる（自）	切手《きって》・ペンキが～。 木《き》の皮《かわ》が～。

79 はじめる、はじまる

1 はじめる（始《はじ》める）（他、下一）

表示有意識地開始進行某種活動。

● 仕事《しごと》・手術《しゅじゅつ》・授業《じゅぎょう》・生産《せいさん》を始《はじ》める。
／開始工作・手術・上課・生產。

● そろそろ仕事《しごと》を始《はじ》めましょう。
／該開始工作了。

● 四月《しがつ》から日本語《にほんご》の勉強《べんきょう》を始《はじ》めます。
／從四月開始學習日語。

● 午後二時《ごごにじ》から会議《かいぎ》を始《はじ》めます。
／從下午兩點開始開會。

2 はじまる（始《はじ》まる）（自、五）

1 與他動詞始《はじ》める的用法相對應，含有始《はじ》められる（被動）的意思，表示開始。

● 仕事《しごと》・手術《しゅじゅつ》・授業《じゅぎょう》・生産《せいさん》が始《はじ》まる。

／開始工作・手術・上課・生産。

● 八時《はちじ》から仕事《しごと》が始《はじ》まった。

／從八點開始工作。

● 四月《しがつ》から新《あたら》しい学期《がっき》が始《はじ》まる。

／新學期從四月開始。

2 構成慣用型～ても始《はじ》まらない，表示…也沒有用。始《はじ》める沒有此用法。

● 今《いま》から薬《くすり》を飲《の》んでも始《はじ》まらない。

／從現在開始，再怎麼吃藥也沒有用了。

● 今更《いまさら》そんなことを言《い》っても始《はじ》まらない。

／現在再怎麼說，也無濟於事。

80 はずす、はずれる

① はずす（外《はず》す）（他、五）

1 表示有意識地將安好的、裝好的、戴好的東西取下、摘下、脱下、解開等。

● めがね・レシーバーを外《はず》す。

／摘下眼鏡・耳機。

● 手袋《てぶくろ》・グローブを外《はず》す。

／脱下手套・棒球手套。

● ボタンを外《はず》す。

／解開鈕扣。

● 戸《と》を外《はず》す。

／拆下門。

2 表示沒有抓住應該抓住的東西，使之跑掉、漏掉。

● 飛《と》んできたボールを外《はず》してしまった。

／沒有抓住飛來的球。

● タイミングを外《はず》してしまった。

／錯失掉了時機。

● こんないい機会《きかい》を外《はず》さないようにしてください。

／不要喪失了這樣的好機會。

3用席《せき》を外《はず》す表示離席、離開。

● どんなことがあったか知《し》らないが、彼《かれ》は席《せき》を外《はず》して帰《かえ》っていった。

／不知道發生了什麼事情，他離席回家去了。

● 課長《かちょう》は今《いま》席《せき》を外《はず》しておりますが、すぐ戻《もど》ってきます。

／課長現在不在，一會兒就回來。

②はずれる（外《はず》れる）（自、下一）

基本含義與他動詞外《はず》す用法相對應，但也有不相應的用法。

1與外《はず》す1-1的用法相對應，表示裝好的、安置好的東西，自動地掉下、開等。

● ボタンが外《はず》れた。

／鈕扣掉了。

● この戸《と》がよく外《はず》れる。

／這扇門經常開著。

● 関節《かんせつ》が外《はず》れた。

／關節脫臼。

● 汽車《きしゃ》がレールから外《はず》れて大事故《だいじこ》を起《お》こした。
／火車脫軌，發生了重大事故。

2 與外《はず》す1-2的用法對應，但使用情況稍有不同，基本含義表示失掉、離開，也表示猜錯、沒猜中。

● 話《はなし》が本題《ほんだい》から外《はず》れた。
／談話離題了。

● 天気予報《てんきよほう》は外《はず》れることがある。
／天氣預報有時不準。

● 試験《しけん》に山《やま》をかけたが、外《はず》れた。
／考試時猜題猜錯了。

● 規則《きそく》に外《はず》れたことをしてはいけません。
／不能違反規定。

外《はず》れる沒有外《はず》す1-3的用法，因此下面的說法是不通的。

×席《せき》が外《はず》れて帰《かえ》っていった。

◎ひ

81 ひろげる、ひろめる、ひろがる、ひろまる

四個詞的漢字都是広字，都含有廣大的意思，但其中広《ひろ》げる、広《ひろ》める是他動詞；広《ひろ》がる、広《ひろ》まる是自動詞，它們相對關係不同，適用的場合也不同。

①ひろげる（広《ひろ》げる）（他、下一）

1 用於具體的東西，表示將闔著、包著的東西展開、打開；或將胳臂張開。

● もっと力《ちから》を入《い》れて傘《かさ》を広《ひろ》げなさい。

／再用點力把傘打開。

● 机《つくえ》の上《うえ》に本《ほん》を広《ひろ》げたままどこかへ行《い》った。

／桌子上放了本翻開的書，人不知道跑哪去了。

● 彼女《かのじょ》は両腕《りょううで》を広《ひろ》げて息子《むすこ》を抱《だ》き寄《よ》せた。

／她張開雙臂抱起兒子。

2表示將空間擴大，道路拓寬。

● 道《みち》を広《ひろ》げた。

／把道路拓寬了。

● 店《みせ》を広《ひろ》げたから、お客《きゃく》さんが多《おお》くなった。

／擴展了店鋪，因此顧客多了起來。

3用於抽象事物，表示傳播傳聞；普及知識、教育等。這時與広《ひろ》める的意思、用法相同，但沒有広《ひろ》める常用。

● 噂《うわさ》を広《ひろ》げる。

／散佈謠言。

● もっと科学知識《かがくちしき》を広《ひろ》げねばならない。

／科學知識必須更普及。

2 ひろめる（広《ひろ》める）（他、下一）

他只有広《ひろ》げる1-3的含義、用法，表示將某些抽象事物加以擴展、普及。這時雖也可以用広《ひろ》げる，但常用広《ひろ》める。

● 噂《うわさ》を広《ひろ》める（◯広《ひろ》げる）。
／散佈謠言。

● 科学知識《かがくちしき》を広《ひろ》める（◯広《ひろ》げる）。
／普及科學知識。

● 民主主義思想《みんしゅしゅぎしそう》を広《ひろ》める（◯広《ひろ》げる）。
／普及民主主意思想。

③ ひろがる（広《ひろ》がる）（自、五）

它是與広《ひろ》げる相對應的自動詞，含有広《ひろ》げられる（被動）的意思。

1 與広《ひろ》げる 1-2 的用法相對應，表示空間的擴大，道路的拓寬等。

● 道路《どうろ》が広《ひろ》がった。
／道路拓寬了。

● 店《みせ》が広《ひろ》がったから、お客《きゃく》さんが多《おお》くなった。
／店鋪擴大了，顧客也多了起來。

2 與広《ひろ》げる 1-3 的用法相對應，用於抽象事物，也表示擴大、傳播、普及等。

● 噂《うわさ》がますます広《ひろ》がった。

／傳聞散播開了。

● 民主主義思想《みんしゅしゅぎしそう》が相当《そうとう》広《ひろ》がっている。

／民主主義思想相當普及。

但它沒有広《ひろ》げる1-1的用法，因此下面的句子是不說的。

×傘《かさ》が広《ひろ》がる。

×机《つくえ》の上《うえ》に本《ほん》が広《ひろ》がっている。

4 ひろまる（広《ひろ》まる）（自、五）

它是與他動詞広《ひろ》める相對應的自動詞，含有広《ひろ》められる（被動）的意思。表示抽象事物的擴大、傳播、普及等等。這一用法也可用広《ひろ》がる，但使用広《ひろ》まる的時候更多。

● 民主主義思想《みんしゅしゅぎしそう》が一層《いっそう》広《ひろ》まった。

／民主主義思想更普及了。

● その噂《うわさ》が相当《そうとう》広《ひろ》まっている。

／那個謠言傳得滿城風雨。

歸納起來，三者的對應關係大致如下：

広《ひろ》げる（他）
広《ひろ》める（他）
広《ひろ》がる（自）
広《ひろ》まる（自）

1-2 道路《どうろ》を～。
1-3 噂《うわさ》を～。
科《か》学《がく》知《ち》識《しき》を～。
3-1 道路《どうろ》が～。
3-2 噂《うわさ》が～。
科《か》学《がく》知《ち》識《しき》が～。

◎ふ

82 ふえる、ふやす

1 ふえる（増《ふ》える）（自、下一）

表示東西或人數相增加。

● 収入《しゅうにゅう》・予算《よさん》・税金《ぜいきん》・生産《せいさん》が増《ふ》えた。
／收入・預算・稅金・生產增加了。

● 川《かわ》の水《みず》が増《ふ》えた。
／河水上漲了。

● 運動《うんどう》をしないので、体重《たいじゅう》はずいぶん増《ふ》えた。
／因為不運動，體重增加了許多。

● 観光《かんこう》に来《く》る人《ひと》は毎年《まいとし》増《ふ》えている。
／來旅遊的人，每年都在增加。

2 ふやす（増《ふ》やす）（他、五）

它是與自動詞増《ふ》える相應的他動詞，含有使…增加的意思。表示使東西、人的數量增加。

● 収入《しゅうにゅう》・予算《よさん》・税金《ぜいきん》・生産《せいさん》を増《ふ》やす。
／增加收入・預算・稅金・生產。

● 毎年本《まいとしほん》を書《か》いて収入《しゅうにゅう》をすこし増《ふ》やしている。
／每年寫書，增加一點收入。

● もっと予算《よさん》を増《ふ》やさないと、やっていけない。
／不再增加一些預算，是維持不下去的。

● その工場《こうじょう》では人《ひと》を増《ふ》やして今《いま》までの二倍生産《にばいせいさん》している。
／那間工廠增加了人力，生產量提高了一倍。

● いろいろな手《て》を尽《つく》して観光客《かんこうきゃく》を増《ふ》やしている。
／想盡各種辦法增加觀光客。

83 ふさぐ、ふさがる

1 ふさぐ（塞《ふさ》ぐ）（他、五）

1 表示將某種東西的空隙等堵住、塞住。

● 穴《あな》・出口《でぐち》・隙間《すきま》を塞《ふさ》ぐ。

／堵住洞・出口・空隙。

● 目《め》・耳《みみ》・口《くち》を塞《ふさ》ぐ。

／堵住眼睛・耳朵・嘴巴。

● 道路《どうろ》・通路《つうろ》を塞《ふさ》ぐ。

／堵住道路・通道。

● 紙《かみ》で隙間《すきま》を塞《ふさ》がないと、風《かぜ》が入《はい》ります。

／不用紙堵住縫隙的話，風會跑進來。

● みんなの意見《いけん》に耳《みみ》を塞《ふさ》ぐことがあってはならない。

／不能對大家的意見充耳不聞。

● バスが故障《こしょう》して道《みち》を塞《ふさ》いでしまった。

／公車故障導致交通堵塞。

2 有時用席《せき》を塞《ふさ》ぐ，表示占、占住。

● 観衆《かんしゅう》は席《せき》を塞《ふさ》いでいた。

／觀眾把座位全占滿了。

3 用於抽象比喻，表示心情不舒坦。相當於國語的鬱悶、不舒暢、不痛快。

● 何《なに》を塞《ふさ》いでいるのだ。

／你為什麼悶悶不樂的呢？

● あの人《ひと》は病気《びょうき》になってから、気《き》が塞《ふさ》いで、あまり話《はなし》をしなくなった。

／他生病了以後，總是悶悶不樂變得很沈默。

有時作為慣用語來用。用：

● 責《せ》めを塞《ふさ》ぐ。

／（敷衍）塞責。

② ふさがる（塞《ふさ》がる）（自、五）

它是與他動詞塞《ふさ》ぐ相對應的自動詞，但用法會有不對應的狀況。

1 與塞《ふさ》ぐ1-1的用法相對應，表示某種東西的空隙被堵住、被阻塞。

● 穴《あな》・出口《でぐち》・隙間《すきま》が塞《ふさ》がる。

／洞・出口・空隙被堵住了。

● 目《め》・耳《みみ》・口《くち》が塞《ふさ》がる。
／眼睛・耳朵・嘴被堵住了。

● 道路《どうろ》・通路《つうろ》が塞《ふさ》がる。
／道路・通道被堵住了。

● 隙間《すきま》が全部《ぜんぶ》塞《ふさ》がって部屋《へや》は暖《あたた》かくなった。
／縫隙全被堵住，房間暖和了起來。

● あいた口《くち》が塞《ふさ》がらない。
／目瞪口呆。

◎へ

84 へる、へらす

1 へる（減《へ》る）（自、五）

表示人或東西的數量減少。

- このごろ、食事《しょくじ》の量《りょう》が減《へ》った。
／最近食量減少了。
- 長《なが》い間《あいだ》、雨《あめ》が降《ふ》らなかったから、川《かわ》の水《みず》が減《へ》った。
／長時間不下雨，河水減少了。
- 不景気《ふけいき》で仕事《しごと》が減《へ》った。
／由於景氣蕭條，工作減少了。
- このごろ、アルバイトする学生《がくせい》が減《へ》った。
／最近打工的學生減少了。

作為慣用語，用腹《はら》が減《へ》る，表示肚子餓了。

● 朝《あさ》から重労働《じゅうろうどう》をしていたので、腹《はら》が減《へ》った。

／從早開始做粗活，肚子都餓了。

② へらす（減《へ》らす）（他、五）

它是與自動詞減《へ》る相對應的他動詞，是由減《へ》る未然形後接せる構成的減《へ》らせる變化而來的，仍含有使…的意思。表示使…減少。

● あんまり太《ふと》っているから、もう少《すこ》し食事《しょくじ》の量《りょう》を減《へ》らさないといけない。

／因為太胖了，必須減少食量。

● 重《おも》くて持《も》てないから、少《すこ》し減《へ》らしてください。

／太重拿不起來，請再減少一些。

● 従業員《じゅうぎょういん》をもう少《すこ》し減《へ》らしてもいいだろう。

／可以再減少一些員工吧！

作為慣用語，也可以用腹《はら》が減《へ》らす，表示空著肚子。

● 朝腹《あさはら》が減《へ》らして学校《がっこう》に来《き》ている子供《こども》もいる。

／也有孩子早上餓著肚子上學。

●みんな腹《はら》が減《へ》らして彼《かれ》の来《く》るのを待《ま》っている。
／大家餓著肚子等他來。

◎ま

85　まける、まかす、まかる

三個詞的漢字都寫作負字，其中負《ま》ける是自動詞，也是他動詞；而負《ま》かす是他動詞，負《ま》かる是自動詞，它們的對應關係比較複雜。

1 まける（負《ま》ける）（自、他、下一）

1 作自動詞用，表示在戰爭中或運動比賽賭博中輸給對方、敗給對方。

- 戦争《せんそう》に負《ま》けた。
  ／戰敗了。
- 今度《こんど》の試合《しあい》に負《ま》ければ、もう試合《しあい》に参加《さんか》することができない。
  ／如果這次的比賽輸了，就再也不能參加比賽了。

有時也表示屈服於某種困難。

- 彼《かれ》はどんな困難《こんなん》にも負《ま》けないで研究《けんきゅう》を続《つづ》けている。

／他不屈服於任何困難地研究著。

2作他動詞用，表示減價、少算。

● 一万円《いちまんえん》の品《しな》を九千円《きゅうせんえん》に負《ま》けた。

／將一萬日元的商品降價到九千日元了。

● 五千円《ごせんえん》に負《ま》けておきましょう。

／降價到五千日元吧！

● もう少《すこ》し負《ま》けろ。

／再少算一點吧。

②まかす（負《ま》かす）（他、下一）

它是與負《ま》ける1-1自動詞相對應的他動詞，表示在戰爭中或在運動比賽中擊敗、打敗對方。

● 一九四五年《せんきゅうひゃくよんじゅうごねん》わが国《くに》は日本帝国主義《にほんていこくしゅぎ》を負《ま》かした。

／一九四五年我國終於擊敗了日本帝國主義。

● これまでの試合《しあい》で二三回《にさんかい》も相手《あいて》を負《ま》かしたことがある。

／在過去的比賽中，曾擊敗過對方兩三次。

●がんばれば相手《あいて》を負《ま》かすことができる。

／加把勁就能夠擊敗對方。

3 まかる（負《ま》かる）（自、五）

它是與負《ま》ける1-2他動詞相對應的自動詞，表示減價、少算。

●もう少《すこ》し、負《ま》かりませんか。

／能再少算一點嗎？

●もうこれ以上《いじょう》負《ま》かりません。

／不能再低了。

歸納起來，三者的對應關係大致如下：

負《ま》ける（自）　試合《しあい》に～た。

負《ま》ける（他）　値段《ねだん》を～てもらう。

負《ま》かす（他）　相手《あいて》を～た。

負《ま》かる（自）　値段《ねだん》は～ません。

86 まげる、まがる

1 まげる（曲《ま》げる）（他、下一）

1 表示將直的東西弄彎、彎。

● 釘《くぎ》・ブリキ板《ばん》を曲《ま》げる。
／把釘子・銅板弄彎。

● 腰《こし》・腕《うで》・足《あし》を曲《ま》げる。
／彎腰・手・腿。

● 足《あし》を曲《ま》げると少《すこ》し痛《いた》い。
／一彎腿就有點痛。

● 腰《こし》をもう少《すこ》し曲《ま》げなさい。
／腰再彎下去一點。

2 引申用於抽象比喩，表示歪曲、曲解、放棄。

● 事実《じじつ》・法《ほう》・主義《しゅぎ》・節《せつ》を曲《ま》げる。
／扭曲事實・枉法・放棄主張・屈節。

● 人《ひと》の意見《いけん》を曲《ま》げてとってはいけない。
／不要扭曲旁人的意見。

● 事実《じじつ》を曲《ま》げることはできない。
／不做扭曲事實的事。

● 彼《かれ》は自分《じぶん》の主張《しゅちょう》を曲《ま》げなかった。
／他沒有放棄自己的堅持。

② まがる（曲《ま》がる）（自、五）

它是與他動詞曲《ま》げる相對應的自動詞，含有曲《ま》げられる（可能）的意思。它的含義、用法比曲《ま》げる要廣。

1 與曲《ま》げる的用法相對應，表示直的東西變彎、彎。

● 釘《くぎ》が曲《ま》がっている。
／釘子彎了。

● 腰《こし》が曲《ま》がっている。
／腰彎著。

● 彼《かれ》の足《あし》が少《すこ》し曲《ま》がっている。

／他的腿有點彎。

● 雪《ゆき》が降《ふ》って木《き》の枝《えだ》が曲《ま》がった。

／下了雪，樹枝彎了。

● 道《みち》が曲《ま》がっている。

／道路彎曲著。

最後一個句子，由於是地理情況，所以不能用道《みち》を曲《ま》げる。

2表示換個方向走，相當於國語的拐過去。曲《ま》げる沒有和它相對應的用法。

● あの角《かど》を左《ひだり》に曲《ま》がるとすぐ郵便局《ゆうびんきょく》だ。

／在那個轉角左轉，就是郵局。

● 前《まえ》の車《くるま》は右《みぎ》の方《ほう》に曲《ま》がるだろう。

／前面的車子會右轉的吧。

3表示某種東西向某一方向傾斜、歪。曲《ま》げる也沒有和它相對應的用法。

● 電柱《でんちゅう》が曲《ま》がっている。

／電線桿歪了。

●ネクタイが曲《ま》がっている。

／領帶歪了。

引申用於抽象比喻，表示心術、行為不正、歪、不正當。

●彼《かれ》の心《こころ》が曲《ま》っがている。

／他心術不正。

●それは曲《ま》がった行《おこな》いだ。

／那是不正當的行為。

●根性《こんじょう》の曲《ま》がった人《ひと》だ。

／（他）是一個性情乖僻的人。

87 まじる、まざる、まぜる

三個詞的漢字都寫作混字，都含有混、混雜在一起的意思，其中混《ま》じる、混《ま》ざる是自動詞；混《ま》ぜる是他動詞，對應關係錯綜複雜。

1 まじる（混《ま》じる、交《ま》じる）（自、上一）

它與混《ま》ざる意義相近，表示摻混、混雜、混，但兩者使用的場合不同。簡單地說：混《ま》じる

多用在較多的人或東西裡，摻混有少數不同種類的人或物；而混《ま》ざる則表示數量大致相同的兩種人或物互相混雜在一起。

● この酒《さけ》に水《みず》が混《ま》じっている。

／這個酒裡有摻水。

● 米《こめ》に石《いし》が混《ま》じっている。

／米裡摻著石子。

● あの人《ひと》の言葉《ことば》にはときどき方言《ほうげん》が混《ま》じる。

／他講話常常挾雜著方言。

● 男《おとこ》の学生《がくせい》の中《なか》に女《おんな》の子《こ》が二人《ふたり》混《ま》じって勉強《べんきょう》している。

／男學生中混著兩個女學生一起讀書。

2 まざる（混《ま》ざる、交《ま》ざる）（自、五）

如前所述，他多用來表示數量大致相同的兩種人或物混雜、摻雜在一起。

● この酒《さけ》にはずいぶん水《みず》が混《ま》ざっている。

／這個酒裡摻了很多水。

● 農村《のうそん》にいたとき、よく米《こめ》と粟《あわ》が混《ま》ざったご飯《はん》を食《た》べていた。

／在農村的時候，經常吃摻了 穀子的米飯。

● A組《くみ》は男《おとこ》の学生《がくせい》と女《おんな》の学生《がくせい》が混《ま》ざっているクラスだ。

／A班是男女合班。

③ まぜる（混《ま》ぜる、交《ま》ぜる）（他、下一）

它既與自動詞混《ま》じる相對應，也與自動詞混《ま》ざる相對應，表示使兩種東西摻雜、混合起來。

● 酒《さけ》に水《みず》を混《ま》ぜる店《みせ》もある。

／也有的店家在酒裡摻水。

● 米《こめ》に麦《むぎ》を混《ま》ぜてご飯《はん》を炊《た》きます。

／在米裡摻麥子做飯。

● 李《り》さんは日本語《にほんご》を話《はな》すとき、中国語《ちゅうごくご》を混《ま》ぜるくせがあります。

／李同學講日文的時候，有摻雜著中文的毛病。

歸納起來，三者的對應關係大致如下：

混《ま》じる（自） 米《こめ》に石《いし》が～ている。

混《ま》ざる（自） 米《こめ》と粟《あわ》が～たご飯《はん》。

混《ま》ぜる（他） 米《こめ》に麦《むぎ》を～てご飯《はん》を炊《た》く。

88 まじわる、まじえる

1 まじわる（交《まじ》わる）（自、五）

1 表示兩種東西摻雜、混在一起。

● 彼《かれ》は人《ひと》と交《まじ》わることを嫌《きら》ってる。

／他不喜歡與人來往。

● 友達《ともだち》と交《まじ》わって仲良《なかよ》くしていこう。

／和朋友一起好好相處吧！

● 朱《しゅ》に交《まじ》われば赤《あか》くなる。

／近朱者赤。

2 表示兩線、兩條道路等相交叉、交。

● 直線《ちょくせん》Ⓐ Ⓑと Ⓒ Ⓓが Ⓔ点《てん》で交《まじ》わる。

／直線Ⓐ Ⓑ和Ⓒ Ⓓ在Ⓔ點上相交。

● 二《ふた》つの道《みち》の交《まじ》わったところに交通巡査《こうつうじゅんさ》が立《た》っている。

／兩條道路的交叉口有交通警察。

● 新宿《しんじゅく》は中央線《ちゅうおうせん》と山手線《やまのてせん》の**交《まじ》わった**ところにある。

／新宿位於中央線與山手線交叉處。

3用於抽象比喻，表示人與人交際、交往、來往。

● 彼《かれ》と**交《まじ》わる**な。

／不要和他來往！

● あなたと**交《まじ》わりたい**と願《ねが》っています。

／我很想和你多交流一下。

● 彼《かれ》は今《いま》でも小学校時代《しょうがっこうじだい》の友《とも》だちと親《した》しく**交《まじ》わって**います。

／他現在仍然和小學時的朋友保持著密切的連繫。

②**まじえる（交《まじ》える）**（他、下一）

它是與自動詞交《まじ》わる相對應的動詞，但用法不完全相對應。

1與自動詞交《まじ》わる1-1的用法相對應，表示將某種東西混雜進去。

● いかなる個人的《こじんてき》な感情《かんじょう》を**交《まじ》えて**はいけない。

／不要摻雜個人情感。

●彼《かれ》は外来語《がいらいご》をたくさん交《まじ》えて話《はな》す。

／他說話混雜著許多外來語。

2表示將兩種東西交叉起來。這時多構成一些慣用語來用。

●膝《ひざ》を交《まじ》えて語《かた》った。

／促膝交談。

3用於抽象比喻，表示人與人相互之間進行某種活動，如交談、交戰。交《まじ》わる沒有和它相對應的用法。

●言葉《ことば》を交《まじ》える。

／交談。

●戦《たたか》いを交《まじ》える。

／交戰。

●砲火《ほうか》を交《まじ》える。

／交戰。

上述兩個動詞雖是自他關係相對應的動詞，但只有1-1 2-1的用法是相對應的，而各自的1-2 2-3與1-3 2-3用法並不對應。

89 まわる、まわす

1 まわる（回《まわ》る、廻《まわ》る）（自、五）

1 表示某種東西自己轉、轉動、旋轉。

● 独楽《こま》が回《まわ》る。

／陀螺旋轉著。

● 風車《かざぐるま》がぐるぐると回《まわ》る。

／風車不停地轉。

● 水車《すいしゃ》が回《まわ》っている。

／水車在轉著。

● 飛行機《ひこうき》のプロペラが回《まわ》りだした。

／飛機的螺旋槳轉了起來。

也常構成慣用語來用。

● 目《ま》が回《まわ》る。

／眼花、目眩。

●首《くび》が回《まわ》らない。
／債臺高築。
●手《て》が回《まわ》らない。
／騰不出手。
有時表示在…周圍轉、圍繞…轉，這時雖也是自動詞，但多用～を回《まわ》る。
●月《つき》が地球《ちきゅう》の周《まわ》りを回《まわ》る。
／月亮繞著地球轉。
●山手線《やまのてせん》は東京《とうきょう》の中心部《ちゅうしんぶ》を回《まわ》っている電車《でんしゃ》です。
／山手線是環繞東京市中心的電車。

2表示某種東西被轉送、被運送到某處。

●その書類《しょるい》は総務課《そうむか》へ回《まわ》った。
／那份文件送到總務處去了。
●あの手紙《てがみ》は本部《ほんぶ》へ回《まわ》った。
／那封信送到總部去了。

3表示人到各處巡視、巡迴、遊覽。這時雖也是自動詞，但要用～を回《まわ》る，表示在

某地巡視、遊覽。

● 外国《がいこく》を回《まわ》ってきた。

／周遊了各國一圈。

● 巡査《じゅんさ》が夜《よる》の町《まち》を回《まわ》って歩《ある》く。

／警察在夜晚的街上巡邏。

也表示動物在某物旁轉。

● 熊《くま》が獲物《えもの》の周《まわ》りをぐるぐる回《まわ》っている。

／熊在牠的獵物旁打轉著。

4 表示繞道到另一個地方去。

● 友人《ゆうじん》の家《いえ》を回《まわ》ったので、遅《おそ》くなった。

／繞道到朋友家一趟來晚了。

● 学校《がっこう》の帰《かえ》りに、デパートに回《まわ》って買《か》い物《もの》をした。

／從學校回來的時候，繞道到百貨公司買了東西。

● 新宿《しんじゅく》へ回《まわ》ってから帰《かえ》った。

／繞道到新宿一趟才回來。

以上是回《まわ》る的主要用法。

②まわす（回す、廻《まわ》す）（缺）

它是自動詞回《まわ》る相對應的他動詞，但只有一部分用法相對應，其餘的不對應。

1與回《まわ》る1-1的用法相對應，表示轉、轉動某種東西。

- 独楽《こま》を回《まわ》す。

／打陀螺。

- 風車《かざぐるま》を回《まわ》す。

／轉動風車。

- 飛行機《ひこうき》は発動機《はつどうき》の力《ちから》でプロペラを回《まわ》す。

／飛機用發電機使螺旋槳轉動。

- 鍵《かぎ》を右《みぎ》に回《まわ》せば錠《じょう》が下《お》ります。

／將鑰匙向右轉就上鎖了。

2與自動詞回《まわ》る1-2的用法相對應，表示轉送到某處，或按順序傳送到某處。

● この手紙《てがみ》を事務所《じむしょ》へ回《まわ》してください。

／請把這封信轉送到辦公室。

● 彼《かれ》は支店《してん》に回《まわ》された。

／他被調到分公司去了。

以上是回《まわ》す的主要用法。

由於回《まわ》る1-3 1-4用法的主語多是人，不可用～を回《まわ》す，因此沒有回《まわ》る1-3 1-4的用法，所以下面的說法是不通的。

×外国《がいこく》を回《まわ》して帰《かえ》ってきた。

×デパートを回《まわ》して買《か》い物《もの》をした。

◎み

90 みつける、みつかる

1 みつける（見付《みつ》ける）（他、下一）

一般用Ⓐは Ⓑを見付《みつ》ける句型，表示某人Ⓐ發現、找到某種東西或某人Ⓑ。相當於國語的發現、找到、找。

● 私《わたし》は無《な》くした鍵《かぎ》を**見付《みつ》けた**。

／我找到了遺失的鑰匙。

● 山《やま》の上《うえ》でいろいろ珍《めずら》しい植物《しょくぶつ》を**見付《みつ》けた**。

／在山上發現了許多稀奇的植物。

● 今度《こんど》電車《でんしゃ》の中《なか》で昔《むかし》の友達《ともだち》を**見付《みつ》けた**が、少《すこ》し離《な》れたところにいたので、話《はな》すことができなかった。

／上次在電車上看到了以前的老朋友，但由於離得有點遠，沒講到話。

● 授業中《じゅぎょうちゅう》に小説《しょうせつ》を読《よ》んでいるところを先生《せんせい》に見付《みつ》けられた。
／上課偷看小說的時候，被老師發現了。

有時用～を見付《みつ》けている，表示在找、在尋找。

● 彼《かれ》は今仕事《いましごと》見付《みつ》けている。
／他現在在找工作。

● さっき落《お》とした時計《とけい》は見付《みつ》けているが、まだ見付《みつ》からない。
／我在找剛才弄丟的手錶，但還沒有找到。

2 みつかる（見付《みつ》かる）（自、五）

它是與他動詞見付《みつ》ける相對應的自動詞含有見付《みつ》けられる（被動或可能）的意思。

一般用Ⓑが（は）（Ⓐに）見付《みつ》かる，表示某種東西或某人Ⓑ被Ⓐ發現、找到；也表示能發現、能找到。

● 無《な》くした鍵《かぎ》は見付《みつ》かった。
／弄丟的鑰匙找到了。

● 無《な》くなった時計《とけい》が風呂場《ふろば》で見付《みつ》かった。
／弄丟的錶在浴室找到了。

● いたずらをして先生《せんせい》に見付《みつ》かった。
／惡作劇被老師發現了。
● 仕事《しごと》が見付《みつ》かった。
／找到了工作。
● 家《いえ》が見付《みつ》からない。
／找不到住處。
● 彼《かれ》は敵《てき》に見付《みつ》かった。
／他被敵人發現了。
● 計算《けいさん》の間違《まちが》いがやっと見付《みつ》かった。
／好不容易找到了計算錯誤的地方。

91 みる、みえる

① みる（見《み》る）（他、下一）

它的基本用法一般用Ⓐは©を見《み》る句型，表示某人Ⓐ看©。相當於國語的看。

●映画《えいが》・テレビ・見《み》る。

／看電影・電視。

●工場《こうじょう》も見《み》るし、学校《がっこう》も見《み》る。

／既看工廠，也看學校。

●君《きみ》はこの問題《もんだい》をどう見《み》るか。

／你怎麼看這個問題？

●ゆうべ不思議《ふしぎ》な夢《ゆめ》を見《み》た。

／我昨晚作了一個奇怪的夢。

●お医者《いしゃ》さんに病気《びょうき》を見《み》てもらった。

／（我）請醫生看了病。

②みえる（見《み》える）（自、下一）

它是與他動詞見《み》る相對應的自動詞，但含意、用法不完全對應。

1 一般用©が見《み》える句型，表示看得見©。

●ここからあの工場《こうじょう》が見《み》える。

／從這裡可以看到那家工廠。

● 空気《くうき》が澄《す》んでいるので、富士山《ふじさん》が見《み》える。

／空氣乾淨可以看到富士山。

● 真《ま》っ暗《くら》で何《なん》も見《み》えない。

／漆黑一片什麼都看不見。

2用Ⓐは©が見《み》える或用Ⓐには©が見《み》える句型，表示某人或其他動物Ⓐ能夠看見©。

● 猫《ねこ》は夜《よる》でも物《もの》が見《み》える。

／貓在夜裡也能看到東西。

● 僕《ぼく》は眼鏡《めがね》をかけないと、黒板《こくばん》の字《じ》が見《み》えない。

／我要是不戴眼鏡，就看不見黑板上的字。

3用ⒶはⒷには(或「と」)見《み》える、或用ⒶはⒷのように見《み》える句型，表示某人或某種東西Ⓐ像另外的人或東西Ⓑ。可譯作中文的看起來像…。

● あの人《ひと》は中国人《ちゅうごくじん》には見《み》えない。

／他看起來不像中國人。

●彼《かれ》は病人《びょうにん》とは見《み》えない。
／他看起來不像病人。

●あの教会《きょうかい》のように見《み》える建物《たてもの》は大学《だいがく》の講堂《こうどう》です。
／那座教堂似的大樓是大學的禮堂。

92 みだす、みだれる

1 みだす（乱《みだ》す）（他、五）

1用於具體的東西，表示將某種東西搞亂、弄亂。

●髪《かみ》・列《れつ》を乱《みだ》す。
／弄亂頭髮・隊伍。

●髪《かみ》を乱《みだ》しながらかけてくる。
／披頭散髮地跑來。

●警察《けいさつ》どもはデモ行進《こうしん》をする人々《ひとびと》の列《れつ》を乱《みだ》した。
／警察們拆散了示威群眾的隊伍。

2用於抽象事物，表示將某種抽象事物搞亂、打亂、擾亂。

● 秩序《ちつじょ》・風俗《ふうぞく》・平和《へいわ》を乱《みだ》す。

／擾亂秩序・風俗・和平。

● 社会《しゃかい》の秩序《ちつじょ》を乱《みだ》すのは許《ゆる》さないことだ。

／擾亂社會秩序是不被予許的事情。

● それはまったく風俗《ふうぞく》を乱《みだ》すことだ。

／那完全是傷風敗俗的事情。

● 夫《おっと》の病気《びょうき》のことを聞《き》いて、妻《つま》の心《こころ》はひどく乱《みだ》された。

／聽說丈夫生病的事，妻子的心情被搞得一團糟。

2 みだれる（乱《みだ》れる）（自、下一）

它是與他動詞乱《みだ》す相對應的自動詞。

1與乱《みだ》す1-1的用法相對應，表示具體東西亂。

● 風《かぜ》に吹《ふ》かれて髪《かみ》の毛《け》が乱《みだ》れた。

／一颳風頭髮就亂了。

● どういうわけか知《し》らないが、デモ隊《たい》の列《れつ》が乱《みだ》れた。

／不知道什麼緣故，示威遊行的隊伍亂了。

2 與乱《みだ》す1-2的用法相對應，表示抽象事物的亂、混亂、紊亂。

● 会場《かいじょう》の秩序《ちつじょ》が乱《みだ》れた。

／會場的秩序亂了。

● あの国《くに》は今《いま》乱《みだ》れている。

／那個國家現在很混亂。

● 夫《おっと》の病気《びょうき》のことを聞《き》いて、妻《つま》の心《こころ》は乱《みだ》れた。

／聽說丈夫生病的事，妻子的心情很亂。

◎も

93 もうける、もうかる

1 もうける（儲《もう》ける）（他、下一）

1 一般用Ⓐは（Ⓑを）儲《もう》ける句型，Ⓑ多是名詞お金《かね》，表示某人Ⓐ賺了錢Ⓑ。相當於中文的賺錢。

● あいつは人《ひと》を働《はたら》かせてお金《かね》を儲《もう》けている。
／那個傢伙讓別人為自己工作賺錢。

● 彼《かれ》らはお金《かね》を儲《もう》けるために働《はたら》いている。
／他們是為了賺錢而工作的。

● 自然災害《しぜんさいがい》を利用《りよう》してお金《かね》を儲《もう》ける人《ひと》がいないでもない。
／有的人還利用天災來賺錢。

● 儲《もう》けられなければ、誰《だれ》もこんな商売《しょうばい》をしない。
／賠錢的生意沒人做。

2用Ⓐは（Ⓒを）儲《もう》ける句型，其中多是時間等抽象名詞，表示某人Ⓐ白賺、白撿到了Ⓒ。

● 今日《きょう》の休《やす》みは一日《いちにち》儲《もう》けた。
／今天賺到了一天休假。

● 先生《せんせい》が休《やす》みだ。儲《もう》けた。
／老師沒有來，賺到了。

● キャッチャー・エラーで一点《いってん》儲《もう》けた。
／由於對方捕手的失誤賺到了一分。

②もうかる（儲《もう》かる）（自、五）

儲《もう》かる是與他動詞相對應的自動詞，含有儲《もう》けられる（可能）的意思。

1用Ⓑは儲《もう》かる句型，Ⓑ是某種商品或お金《かね》，表示Ⓑ能夠賺錢。

● この商品《しょうひん》は儲《もう》かります。
／這種商品能賺錢。

● 不況《ふきょう》で、ちっとも儲《もう》からない。

／由於經濟蕭條，根本賺不到錢。

● お金《かね》が儲《もう》からなかったために、借金《しゃっきん》も返《かえ》せなかった。

／由於賺不到錢，欠的債也還不了。

2用Ⓐは（Ⓒは）儲《もう》かる句型，有時省略只用儲《もう》かる，表示Ⓐ撿了便宜，或譯作賺到了。

● 税関《ぜいかん》が免税《めんぜい》にしてくれたので儲《もう》かった。

／海關讓我免稅賺到了。

● 仕事《しごと》をやらずに済《す》んで儲《もう》かった。

／沒有工作也就這麼過了，賺到了。

94 もえる、もやす

①もえる（燃《も》える）（自、下一）

1用Ⓑが燃《も》える句型，主語Ⓑ可用火，也可用某種東西，表示某種東西Ⓑ燃燒、燒著，發生火災。

● 火《ひ》が燃《も》えている。

／火燃燒著。

● 落《お》ち葉《ば》が燃《も》えている。

／落葉在燃燒著。

● 水素《すいそ》が燃《も》えてヘリウムになる。

／氫氣燃燒會變成氦。

● 家《いえ》がすっかり燃《も》えてしまった。

／房子全燒光了。

● 薪《まき》が湿《しめ》っていてなかなか燃《も》えない。

／柴濕濕的，不容易點著。

2 用Ⓑが燃《も》える或Ⓐは Ⓑに燃《も》える句型，Ⓑ多是表示感情的抽象名詞，表示某人Ⓐ由於某種感情Ⓑ而燃燒，可譯作中文充滿、滿懷。

● 心《こころ》の中《なか》で復讐《ふくしゅう》の炎《ほのお》が燃《も》えている。

／心裡充滿了復仇的火焰。

● 彼《かれ》は故国《ここく》への愛《あい》に燃《も》えてその小説《しょうせつ》を書《か》いた。

／他滿懷對故國的熱情，寫了那本小說。

● 野村先生《のむらせんせい》は研究《けんきゅう》への情熱《じょうねつ》に燃《も》えて、仕事《しごと》をしている。

／野村先生滿懷研究熱情地工作著。

2 もやす（燃《も》やす）（他、五）

它是與自動詞燃《も》える相對應的他動詞。

1 與燃《も》える 1-1 的用法相對應，用Ⓐは Ⓑを燃《も》やす句型，這時的受詞Ⓑ也是既可以用某種具體的東西，也可以用火。表示某人Ⓐ把某種東西燃燒起來或燒掉。

● 火《ひ》を燃《も》やす。

／燃燒起來。

● 落《お》ち葉《ば》を燃《も》やす。

／燃燒落葉。

● 水素《すいそ》を燃《も》やしてエネルキーを取《と》り出《だ》す。

／燃燒氫氣，取得能源。

● 薪《まき》を燃《も》やして体《からだ》を暖《あたた》める。

／燒柴取暖。

● 薪《まき》が湿《しめ》っていて燃《も》やしにくい。

／柴濕濕的，不容易點燃。

2 與燃《も》える1-2的用法相對應，作為抽象比喻用，以Ⓑを燃《も》やす或Ⓐは Ⓑを燃《も》やす句型，表示某人Ⓐ充滿某種感情Ⓑ。可譯作國語的燃燒、充滿。

● 彼《かれ》は心《こころ》の中《なか》で復讐《ふくしゅう》の炎《ほのお》を燃《も》やしている。

／他在心中燃燒著復仇的火焰。

● 山田《やまた》教授《きょうじゅ》は研究《けんきゅう》への情熱《じょうねつ》を燃《も》やして仕事《しごと》をしている。

／山田教授滿懷著研究熱情工作著。

95 もつ、もてる、もたせる

三個詞的漢字都寫作持字，其中持《も》てる是自動詞，持《も》たる是他動詞；而持《も》つ既可以作自動詞用，也可以作他動詞用，它們的自他對應關係複雜，意義也不相同。

1 もつ（持《も》つ）（他、自、五）

它既作他動詞用，也作自動詞用。

1作他動詞用時，基本用法用Ⓐは©を持《も》つ句型，表示某人Ⓐ拿、帶著某種東西©。

●父《ちち》は手《て》にペンを持《も》って何《なに》かを書《か》いている。

／父親手裡拿著鋼筆在寫東西。

●お荷物《にもつ》をお持《も》ちしましょう。

／我幫你拿行李吧。

●朝《あさ》ご飯《はん》がすんでから、兄《あに》は鞄《かばん》を持《も》って家《いえ》を出《で》た。

／吃完早飯，哥哥就提著包包出門了。

2作自動詞用，用Ⓑが持《も》つ句型，表示某種東西Ⓑ保持、持久、支持。要根據句子的前後關係譯成中文。

●毎晩《まいばん》四《し》、五時間《ごじかん》眠《ねむ》れなければ体《からだ》が持《も》たないだろう。

／每天晚上沒睡個四、五小時，身體會支撐不住的吧！

●暑《あつ》いから、この魚《さかな》は明日《あした》まで持《も》つまい。

／天氣太熱了這魚放不過明天。

●冷蔵庫《れいぞうこ》に入《い》れないと、肉《にく》は一日《いちにち》も持《も》たない。

／不放進冰箱的話，肉一天就壞了。

● あの会社《かいしゃ》はあなたの力《ちから》で持《も》っているようだ。
／那間公司好像是靠你在撐的吧。

②もてる（持《も》てる）（自、下一）

1 與持《も》つ 1-1 的用法相對應，用Ⓐは）Ⓒが持《も》てる句型，表示持《も》つことができる，即拿得動。

● 荷物《にもつ》が重《おも》くて、一人《ひとり》では持《も》てない。
／東西太重，一個人拿不動。

● 筆《ふで》の持《も》てる人《ひと》はみな署名《しょめい》した。
／有筆的人都簽名了。

2 Ⓐは持《も》てる句型，表示Ⓐは人気《にんき》があっていい持《も》てなしを受《う》ける，即Ⓐ很受歡迎。

● あの俳優《はいゆう》は女学生《じょがくせい》に非常《ひじょう》に持《も》てるという。
／據說那個演員很受女學生歡迎。

● 彼《かれ》は女《おんな》にとても持《も》てるので、僕《ぼく》は焼《や》けてしかたがない。
／他很受女生歡迎，我除了嫉妒還是只能嫉妒。

● 彼《かれ》はどこへ行《い》っても持《も》てる。

／他無論到哪裡去，都很受人歡迎。

③もたせる（持《も》たせる）（他、下一）

1作為連語來用時，是在他動詞持《も》つ的未然形後接使役助動詞せる構成的，它表示使…拿著。

● 重《おも》いから若《わか》い人《ひと》に持《も》たせましょう。

／太重了，讓年輕人拿吧！

2作為一個單詞來用時，與持《も》つ1-2自動詞用法對應，用Ⓑを持《も》たせる句型，表示使Ⓑ持久、維持。

● 冷凍《れいとう》して魚《さかな》を持《も》たせる。

／冷凍保存魚的鮮度。

● 母《はは》を注射《ちゅうしゃ》で持《も》たせている。

／母親靠打針來維持生命。

歸納起來，三者的對應關係如下：

持《も》つ（他）　鞄《かばん》を～。

持《も》つ（自）　魚《さかな》は～ない。

持《も》てる（自）　鞄《かばん》が～。

持《も》たせる（他）　魚《さかな》を冷凍《れいとう》して～。

持《も》てる（自）　彼《かれ》は女《おんな》に～。

96 もれる、もる、もらす

1 もれる（漏《も》れる）（自、下一）

1 表示某種東西從某處漏出。它的特點：①這些東西（即動作主體）多是砂子、氣體（如煤氣）、聲音、光線或液體（但漏雨很少用漏《も》れる）；②它強調漏出的東西，因此多以漏出的東西作主語。

● 話《はな》し声《ごえ》が窓《まど》の外《そと》へ漏《も》れて聞《き》こえた。

／講話的聲音傳到窗外來了。

● ガスが漏《も》れている。

／瓦斯外洩了。

● 朝日《あさひ》の光《ひかり》が木立《こだち》の間《あいだ》から漏《も》れて部屋《へや》に差《さ》し込《こ》んだ。

／早晨的陽光穿過樹叢，照射到房間裡。

● タンクから石油《せきゆ》が漏《も》れている。

／石油從油罐中漏了出來。

2表示機密洩漏出去。

● 秘密《ひみつ》が漏《も》れた。

／秘密洩漏了。

● この事件《じけん》が漏《も》れて、大《お》きく世間《せけん》に伝《つた》わった。

／這事件洩露出去，社會大眾都知道了。

3表示從許多人當中漏掉某一個人。

● 名簿《めいぼ》に彼《かれ》の名前《なまえ》が漏《も》れている。

／名單上漏掉了他的名字。

- あの選手《せんしゅ》に今年《ことし》のベスト・テンから漏《も》れてしまった。

／那個選手今年沒有進前十名。

2 もる（漏《も》る）（自、五）

它的使用範圍沒有漏《も》れる廣。

也表示漏、漏出，但與漏《も》れる不同：①動作主體多用雨水之類的液體，很少為砂子、聲音、光線等；②強調漏的地方，因此除了用水、雨水等作主語外，多用漏出來的物體作主語。

- 雨《あめ》が漏《も》って天井《てんじょう》からぼたぼた落《お》ちている。

／漏雨了，水從天花板上滴滴答答地往下流。

- これで屋根《やね》が漏《も》る心配《しんぱい》はない。

／這樣一來，就不用擔心屋頂漏水了。

- 水道《すいどう》の栓《せん》がよくしまらないので、水《みず》が漏《も》っている。

／水龍頭沒關緊，水都漏出來了。

- この靴《くつ》は水《みず》が漏《も》ってもう履《は》けない。

／這雙鞋會漏水，不能穿了。

●このバケツは少《すこ》し漏《も》るようだ。
／這個水桶，好像有點漏水。
它沒有與漏《も》れる相近的抽象比喻用法。

③もらす（漏《も》らす）（他、五）

它是與自動詞漏《も》れる、漏《も》る相對應的他動詞。

1與漏《も》れる1-1、漏《も》る的用法相對應，表示使水、聲音、光線等漏出去。

●水《みず》も漏《も》らさぬほどに取《と》り固《かた》めている。
／包圍得水洩不通。
●戦争《せんそう》の時《とき》には、夜明《よあ》かりを漏《も》らしてはいけなかった。
／戰爭期間夜裡是不准發出光源的。
●「あっ」と叫《さけ》び声《ごえ》を漏《も》らすと、急《きゅう》に逃《に》げ出《だ》した。
／「啊」的叫了一聲，就突然逃走了。

2與漏《も》れる1-2的用法相對應，表示露出某種想法或洩露秘密等。

●当然《とうぜん》不平《ふへい》を漏《も》らす人《ひと》がいる。
／當然會有人抱怨。

● 秘密《ひみつ》を漏《も》らしてはいけない。

／不能洩露秘密。

● 仲間《なかま》の一人《ひとり》が計画《けいかく》を漏《も》らしたために、運動《うんどう》は失敗《しっぱい》してしまった。

／同夥中有一個人洩露了計劃，因此運動失敗了。

3與漏《も》れる1-3的用法相對應，表示漏掉某一個人。

● うっかりして彼《かれ》の名前《なまえ》を漏《も》らした。

／一不留神就把他的名字給漏掉了。

歸納起來，三詞的對應關係大致如下：

漏《も》れる（自）　秘密《ひみつ》が～。　彼《かれ》の名前《なまえ》が～。

漏《も》る（自）　水《みず》が～。

漏《も》らす（他）　秘密《ひみつ》を～。　彼《かれ》の名前《なまえ》を～た。　水《みず》を～さないほど、

對應　對應　對應

對應

◎や

97 やく、やける

① やく（焼《や》く）（他、五）

1 表示加熱焼、烤某種東西。

● 敵《てき》は多《おお》くの家《いえ》を焼《や》いた。

／敵人焼了許多房子。

● 父《ちち》は毎年《まいとし》山《やま》の中《なか》で炭《すみ》を焼《や》く。

／父親每年都會去山裡焼製木炭。

● 焼《や》いた薯《いも》はうまい。

／烤蕃薯很好吃。

也表示太陽曬黑皮膚。

● 海水浴場《かいすいよくじょう》へ行《い》って背中《せなか》を真《ま》っ黒《くろ》に焼《や》いた。

／去海水浴場玩把背全曬黑了。

2表示嫉妒。

● 他人《たにん》の成功《せいこう》を焼《や》いている。

／（他）嫉妒別人的成功。

● 彼女《かのじょ》は友《とも》だちの結婚《けっこん》を焼《や》いている。

／她忌妒朋友結婚。

3引申構成慣用語來用，如手《て》を焼《や》く（難辦、沒辦法）、世話《せわ》を焼《や》く（照顧）等。

● 子供《こども》がいたずらばかりしてまったく手《て》を焼《や》いている。

／孩子們光會搗蛋，簡直拿他們沒轍。

● 彼《かれ》はもう大人《おとな》だから、そんなに世話《せわ》を焼《や》かなくてもいい。

／他已經是大人了，不必那樣照顧他。

②やける（焼《や》ける）（自、下一）

1與焼《や》く1-1的用法相對應，表示燒或燒得、燒好。

● あの火事《かじ》で多《おお》くの家《いえ》が焼《や》けた。

／那次火災燒掉了許多房子。

● 魚《さかな》が焼《や》けた。
／魚煎好了。

● いもが焼《や》けたころだ。
／番薯烤好了。

也表示由於日曬使皮膚變黑。

● 背中《せなか》が真《ま》っ黒《くろ》に焼《や》けた。
／背都曬黑了。

2與焼《や》く1-2的用法相對應，也表示嫉妒；有時還表示羨慕。

● あの幸《しあわ》せそうな二人《ふたり》を見《み》ると、焼《や》けてしようがない。
／看到他們兩個人那幸福的樣子，就嫉妒得不得了。

● あの二人《ふたり》をごらんよ、焼《や》けるね。
／你看他們兩個，很令人羨慕吧！

3引申構成慣用語，但由於它是自動詞，因此用手《て》が焼《や》ける（棘手、沒辦法）、世《せ》話《わ》が焼《や》ける（照顧、照料）。

● 本当《ほんとう》に手《て》を焼《や》ける子供《こども》だ。
／真是令人沒轍的孩子。
● あの病人《びょうにん》は体《からだ》が動《うご》かないので、世話《せわ》が焼《や》ける。
／那個病人身體動不了，需要人照顧。
另外它還可以構成胸《むね》が焼《や》ける（胃酸火燒心）、但一般不用胸《むね》を焼《や》く。
● 食《た》べすぎて胸《むね》が焼《や》ける（×胸《むね》を焼《や》く）。
／吃得太多，有點胃食道逆流。

98 やぶる、やぶく、やぶれる、やぶける

四個詞的漢字都寫作破字，都含有破、弄破的意思，但破《やぶ》る、破《やぶ》く是他動詞；破《やぶ》れる、破《やぶ》ける是自動詞，它們適用的場合不同；自他對應關係也不同。

1 やぶる（破《やぶ》る）（他、五）

1 表示將紙、布等較薄的東西撕開、撕破。

● 子供《こども》がいたずらをして障子《しょうじ》を破《やぶ》った。

／小孩子淘氣，把拉門弄破了。

● 怒《おこ》って手紙《てがみ》をずたずた破《やぶ》ってしまった。

／氣得把信撕得粉碎。

● うっかりして釘《くぎ》で、ズボンを破《やぶ》ってしまった。

／一不留神褲子就被釘子弄破了。

2表示搞壞、破壞其他的東西。例如：

● 垣根《かきね》を破《やぶ》って庭《にわ》へ入《はい》った人《ひと》がいるらしい。

／好像有人弄壞了籬笆進到院子裡了。

● 泥棒《どろぼう》が金庫《きんこ》を破《やぶ》って金《かね》を盗《ぬす》んだ。

／小偷弄壞了保險箱，偷走了錢。

● 敵《てき》の囲《かこ》みを破《やぶ》って進軍《しんぐん》した。

／突破了敵人的包圍向前推進了。

3用於抽象比喻，表示破壞、打破。

● 力《ちから》の均衡《きんこう》・平和《へいわ》・静《しず》けさ・夢《ゆめ》を破《やぶ》る。

／破壞力量的平衡・和平・寂靜・夢想。

● 記録《きろく》を破《やぶ》る。

／打破記錄。

● 戦争《せんそう》によって平和《へいわ》が破《やぶ》れた。

／由於戰爭，破壞了和平。

4 也用於抽象比喻，表示擊敗對方。

● 今度《こんど》のサッカーの試合《しあい》で三対二《さんたいに》で相手《あいて》を破《やぶ》った。

／在這次的足球比賽中，以三比二擊敗了對方。

② やぶく（破《やぶ》く）（他、五）

它是將破《やぶ》く與裂《さ》く兩者混合起來造的動詞，現在已被普遍使用。

1 與破《やぶ》る1-1的意思、用法相同，表示將紙、布等較薄的東西撕開、撕破。

● 彼《かれ》は怒《おこ》って手紙《てがみ》を破《やぶ》いてしまった。

／他生氣得把信給撕了。

● ナイフは服《ふく》を破《やぶ》いて（○破《やぶ》って）胸《むね》に刺《さ》さった。

／刀子穿過了衣服，刺到胸口了。

它沒有破《やぶ》る1-2 1-3的含義、用法。

③やぶれる（破《やぶ》れる）（自、下一）

它是與他動詞破《やぶ》る相對應的自動詞。

1與破《やぶ》る1-1的用法相對應，表示紙、布等薄的東西破。

● 障子紙《しょうじがみ》が破《やぶ》れていてみっともない。

／拉門的紙破了不好看。

● 紙袋《かみぶくろ》が破《やぶ》れて中《なか》の米《こめ》がこぼれてしまった。

／紙袋破了，裡面的米灑了出來。

● 丈夫《じょうぶ》な靴下《くつした》だから、いくら履《は》いても破《やぶ》れません。

／是一雙結實的襪子，怎麼穿也不會破。

2與破《やぶ》る1-2的用法相對應，表示其他堅固的東西壞了。

● 垣根《かきね》が破《やぶ》れた。

／籬笆壞了。

● ガス管《かん》が破《やぶ》れた。

／瓦斯管壞了。

3 與破《やぶ》る1-3的用法相對應，用於抽象比喻，表示破、破裂等。

● 縁談《えんだん》・交渉《こうしょう》・話《はな》し合《あ》いなどが破《やぶ》れた。

／親事・談判・協商等告吹。

● そのとき、日本《にほん》とアメリカとの交渉《こうしょう》が破《やぶ》れて戦争《せんそう》になった。

／當時，日本和美國的談判破裂引發了戰爭。

但講打破記錄時，用破《やぶ》る，而不用破《やぶ》れる。

● 記録《きろく》を破《やぶ》った。

／打破了記錄。

×記録《きろく》が破《やぶ》れた。

4 與破《やぶ》る1-4的用法相對應，表示被擊敗。

● 今度《こんど》のサッカー試合《しあい》で、A《エー》チームは二対三《にたいさん》で破《やぶ》れた。

／在這次的足球比賽中，A隊以三比二的比數輸掉了比賽。

④ やぶける（破《やぶ》ける）（自、下一）

它是將破《やぶ》る與裂《さ》ける兩者混合起來所造的動詞，現在已被普遍使用。

與他動詞破《やぶ》く對應的自動詞，與破《やぶ》れる1-3意思、用法相同，表示紙、布等較薄東西撕開、撕壞。

●障子紙《しょうじがみ》が破《やぶ》けていて、みっともない。

／拉門的紙破了，不好看。

●消《け》しゴムで強《つよ》く擦《こす》ったら、紙《かみ》が破《やぶ》けてしまった。

／橡皮用力一擦，紙就破了。

歸納起來，四者的關係大致如下：

破《やぶ》る（他）　夢《ゆめ》を～った。

破《やぶ》く（他）　障子紙《しょうじがみ》を～た。

破《やぶ》れる（自）　夢《ゆめ》が～た。

破《やぶ》ける（自）　障子紙《しょうじがみ》が～た。

對應　對應

99 やめる、やむ

1 やめる（止《や》める）（他、下一）

1 表示停止、終止某種活動。

● 旅行《りょこう》・試合《しあい》・仕事《しごと》・討論《とうろん》を止《や》める。

／停止旅行・比賽・工作・討論。

● 騒《さわ》ぎ・喧嘩《けんか》を止《や》めなさい。

／不要吵鬧・吵架。

● 外国語《がいこくご》は練習《れんしゅう》を止《や》めると、すぐ下手《へた》になります。

／一旦停止練習外語，馬上就退步了。

● 明日《あした》は授業《じゅぎょう》を止《や》めて遠足《えんそく》に行《い》きます。

／明天停課出去郊遊。

2表示戒掉惡習。

● たばこ・酒《さけ》を止《や》める。

／戒菸・酒。

● 体《からだ》がよくないから、たばこも酒《さけ》も止《や》めた。

／因為身體不好，菸、酒都戒了。

3表示辭掉工作，辭職。

● 野村先生《のむらせんせい》は文部大臣《ぶんぶだいじん》を止《や》めて大学《だいがく》の 教授《きょうじゅ》になった。

／野村先生辭掉了文化部長一職當了大學教授。

● 六十歳《ろくじゅうさい》になれば、会社《かいしゃ》を止《や》めなければならない。

／六十歳就必須辭掉公司的工作。

② やむ（止《や》む）（自、五）

它是與他動詞止《や》める相對應的自動詞，但由於它是自動詞，多用來表示某種自然現象或客觀現象自動地停止、停、終止。

● 雨《あめ》・風《かぜ》・嵐《あらし》・雪《ゆき》が止《や》んだ。

／雨・風・暴風雨・雪停了。

● 雨《あめ》が止《や》んで、青空《あおぞら》が見《み》えはじめた。

／雨停了，露出了蔚藍的天空。

● ピアノの音《おと》が突然《とつぜん》止《や》んだ。

／鋼琴聲突然停止了。

這些情況都不能用止《や》める，只有講人們的某些動作時，可以使用止《や》める、止《や》む。

● 騒《さわ》ぎ・笑《わら》いを止《や》めた。

／停止了吵鬧・笑聲。

● 騒《さわ》ぎ・笑《わら》いが止《や》んだ。

／吵鬧・笑聲停止了。

● 雨《あめ》・風《かぜ》が止《や》んだ。

／雨・風停了。

×雨《あめ》・風《かぜ》を止《や》めた。

它還可以構成慣用語やむをえない（不得已）來用。止《や》める不能這麼用。

● 万一《まんいち》やむをえない時《とき》でなければ彼《かれ》らにこの危険《きけん》を起《お》かせることはしない。

／不到萬不得已的時候，不讓他們冒這個險。

◎ゆ

100 ゆるめる、ゆるむ

1 ゆるめる（緩《ゆる》める）（他、下一）

1 表示將繫緊、轉緊的東西放鬆、鬆。

● 腹一杯《はらいっぱい》食《た》べたから、締《し》めたベルトを少《すこ》し緩《ゆる》めた。

／吃太飽了，把繫著的皮帶鬆一鬆。

● 堅《かた》く縛《しば》った縄《なわ》の結《むす》び目《め》は簡単《かんたん》に緩《ゆる》められない。

／繫緊緊的繩結不易解開。

● ねじ回《まわ》しで、ねじを緩《ゆる》めなさい。

／用螺絲起子把螺絲鬆開。

2 引申用於抽象比喻，表示將緊張的心情放鬆、緩和。

● 先生《せんせい》の冗談半分《じょうだんはんぶん》の話《はなし》はみんなの心《こころ》の緊張《きんちょう》を緩《ゆる》めた。

／老師半開玩笑的談話，緩和了大家緊張的心情。

● 忙《いそが》しくて気《き》を緩《ゆる》める暇《ひま》もない。

／忙得連喘口氣的時間都沒有。

3也用於抽象比喻，表示放鬆管理程度，降低稅率等。

● 博打《ばくち》の取《と》り締《し》まりを緩《ゆる》めてはいけない。

／不能放寬賭博的取締。

● 政府《せいふ》は税《ぜい》の率《りつ》をすこし緩《ゆる》めた。

／政府將稅率降低了一些。

4作為慣用語，用スピードを緩《ゆる》める（放慢速度）。

● 町《まち》に入《はい》ってから車《くるま》はスピードを緩《ゆる》めた。

／進入市區以後，汽車放慢了速度。

2 ゆるむ（緩《ゆる》む）（自、五）

它是與緩《ゆる》める相對應的自動詞。

1與緩《ゆる》める1-1的用法相對應，表示緊繫著（上著）的東西變鬆、鬆。

● ねじが緩《ゆる》んでいる。

／螺絲鬆了。

● 靴《くつ》の紐《ひも》が緩《ゆる》んだので歩《ある》きにくい。

／鞋帶鬆了不好走。

● ネクタイが緩《ゆる》んでいるから、もっとしめなさい。

／領帶鬆了。再繫緊一點。

2與緩《ゆる》める1-2的用法相對應，常用気《き》が緩《ゆる》む、気持《きも》ちが緩《ゆる》む，表示鬆懈、鬆弛；也表示將緊張的心情放鬆。

● 入学《にゅうがく》したばかりの時《とき》はみなよく勉強《べんきょう》しますが、二三《にさん》カ月経《げった》つと気《き》が緩《ゆる》んで、あまり勉《べん》強《きょう》しなくなった。

／剛入學的時候，大家都很用功，但過了兩三個月就鬆懈起來了。

● 先生《せんせい》の冗談《じょうだんはんぶん》半分の話《はなし》を聞くと、緊張《きんちょう》がだんだん緩《ゆる》んできた。

／聽了老師半開玩笑的談話，緊張的心情也緩和了下來。

3與緩《ゆる》める1-3的用法相對應，表示某些管理情況鬆懈、寬鬆了下來。

● 規律《きりつ》が緩《ゆる》んだ。

／紀律鬆了。

● 警戒《けいかい》が緩《ゆる》んでいる。

／警戒放鬆了。

4 作為慣用語，用スピードが緩《ゆる》む（速度放慢）、寒《さむ》さが緩《ゆる》む（寒冷趨緩）。

● 町《まち》に入《はい》ってから、車《くるま》のスピードが緩《ゆる》んだ。

／進入市區以後，車子的速度就放慢了。

● だんだん寒《さむ》さが緩《ゆる》んできました。もうすぐ春《はる》です。

／漸漸暖和一些了，很快春天就來了。

雖可以用寒《さむ》さが緩《ゆる》む，但不能用寒《さむ》さを緩《ゆる》める。

基礎日本語自他動詞／
趙福泉著. --2版.-- 臺北市：笛藤,
2014.06　　面；公分
ISBN 978-957-710-618-6(平裝)
1.日語 2.動詞

803.165　　102017323

編　者　簡　介

趙福泉

1920年生，畢業於日本東京第一高等學校文科，日本京都帝國大學（現京都大學）經濟學部。回國後在外國語學院從事日語教學工作40年。任日語教授、日語碩士研究生指導教授，曾出版多種有關日語字彙和文法的書籍。

〈修訂版〉
基礎日本語自他動詞

定價320元

2020年7月7日・第二版第2刷

著　　者　趙福泉
總 編 輯　賴巧凌
編　　輯　劉育秀・洪儀庭
封面設計　TAKA VISUALIZATION & GRAPHIC DESIGN
發 行 人　林建仲
發 行 所　笛藤出版圖書有限公司
地　　址　台北市中山區長安東路二段171號3樓3室
電　　話　(02)2777-3682
傳　　真　(02)2777-3672
郵撥帳戶　八方出版股份有限公司
郵撥帳號　19809050
總 經 銷　聯合發行股份有限公司
地　　址　新北市新店區寶橋路235巷6弄6號2樓
電　　話　(02)2917-8022・(02)2917-8042
製 版 廠　造極彩色印刷製版股份有限公司
地　　址　新北市中和區中山路二段380巷7號1樓
電　　話　(02)2248-3904・(02)2240-0333